THE NEW GATE

ザ・ニュー・ゲート

風波しのぎ
Kazanami Shinogi

23. 黄金の博兎

Illustration：晩杯あきら

目次　Contents

「THE NEW GATE」世界の用語について

●ステータス

LV：	レベル
HP：	ヒットポイント
MP：	マジックポイント
STR：	力
VIT：	体力
DEX：	器用さ
AGI：	敏捷性
INT：	知力
LUC：	運

●距離・重さ

1セメル＝1cm
1メル＝1m
1ケメル＝1km

1グム＝1g
1ケグム＝1kg

●通貨

ジュール（J）	：	500年後のゲーム世界で広く流通している通貨。
ジェイル（G）	：	ゲーム時代の通貨。ジュールの10億倍以上の価値がある。

ジュール銅貨	＝	100J		
ジュール銀貨	＝	ジュール銅貨100枚	＝	10,000J
ジュール金貨	＝	ジュール銀貨100枚	＝	1,000,000J
ジュール白金貨	＝	ジュール金貨100枚	＝	100,000,000J

●六天のギルドハウス

一式怪工房デミエデン（通称：スタジオ）	『黒の鍛冶師』シン担当
二式強襲艦セルシュトース（通称：シップ）	『白の料理人』クック担当
三式駆動基地ミラルトレア（通称：ベース）	『金の商人』レード担当
四式樹林殿パルミラック（通称：シュライン）	『青の奇術士』カイン担当
五式惑乱園ローメヌン（通称：ガーデン）	『赤の錬金術師』ヘカテー担当
六式天空城ラシュガム（通称：キャッスル）	『銀の召喚士』カシミア担当

主な登場人物
Main Characters
ミルト
89歳。ハイピクシー。
ロリ巨乳が特徴の
元プレイヤー。
戦闘狂として有名だった。
シン
本編の主人公。
21歳。ハイヒューマン。
オンラインゲームで
名を馳《は》せた最強プレイヤー。
デスゲームクリア後、500年
後のゲーム世界に飛ばされる。
シュニー・ライザー
521歳。ハイエルフ。
ゲーム時代のシンのサポート
キャラ。
500年間シンを待ち続けた。

ユズハ
エレメントテイル。
シンに助けられた
モンスター。
基本は子狐の姿だが、
人型にも変身可能。
レトネーカ
『黒の派閥』に属する
ドラグニルの少女。
謎のドラゴンに
父親を殺された過去を持つ。
ティエラ・ルーセント
157歳。エルフ。
強力な呪いの名残で
髪の大部分が黒い。
故郷を追放され、
シュニーに保護された。
カゲロウ
グルファジオ・ヤーデ。
ティエラと契約するモンスター。
真の姿は狼のような巨大な獣。

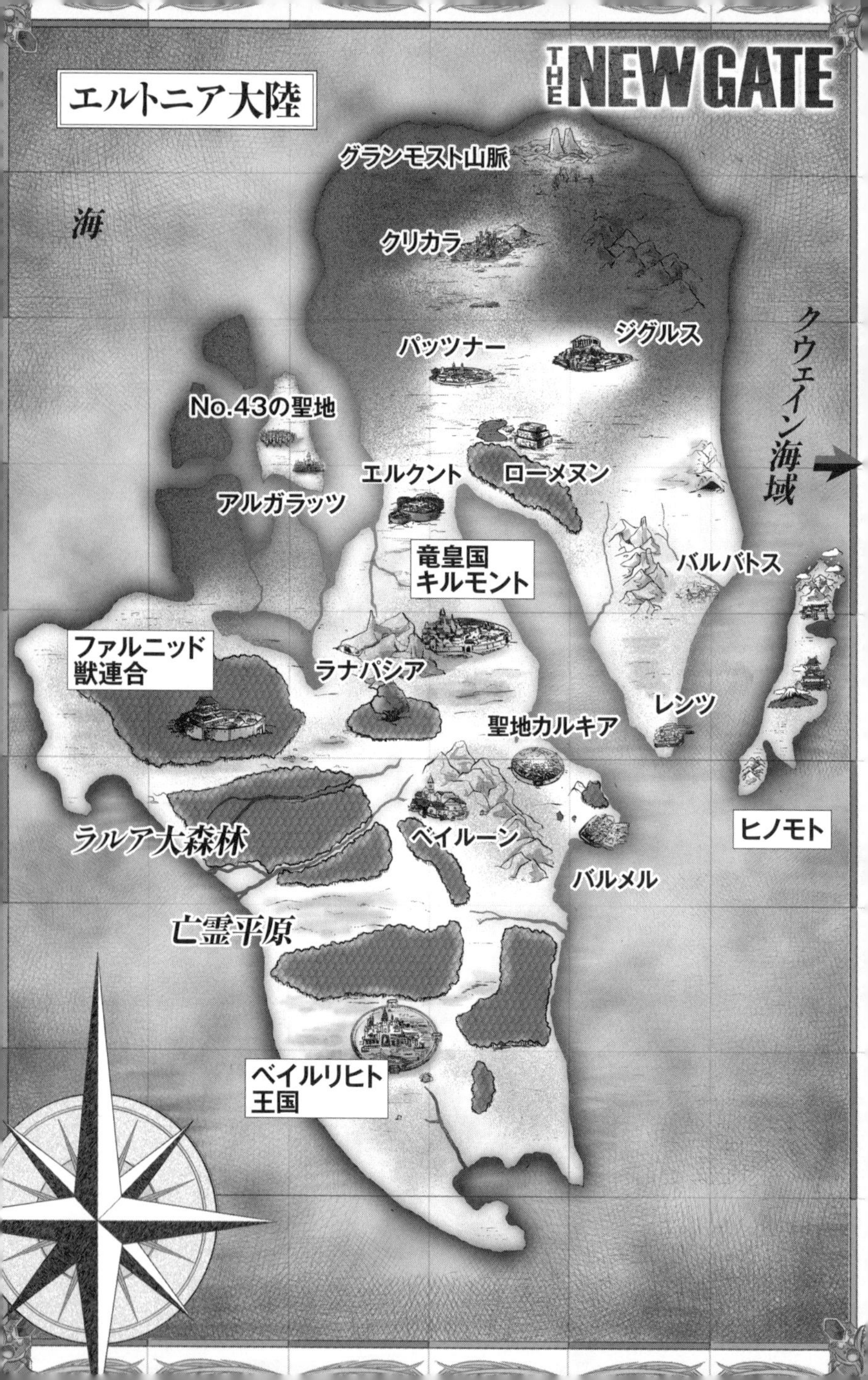
THE NEW GATE
エルトニア大陸
グランモスト山脈
海
クリカラ
ジグルス
パッツナー
クウェイン海域
No.43の聖地
エルクント
ローメヌン
アルガラッツ
竜皇国
キルモント
バルバトス
ファルニッド
獣連合
ラナパシア
レンツ
聖地カルキア
ヒノモト
ラルア大森林
ベイルーン
バルメル
亡霊平原
ベイルリヒト
王国

Chapter 1 戦いの傷跡

THE NEW GATE

商業の国クリカラでの戦いの後、シンたちは技術者集団『黒《くろ》の派閥《はばつ》』の構成員であるクリュックから、派閥の本拠地パルダ島に招待されていた。

同じ鍛冶師《かじし》であり、黒の派閥で武具部門の長《おさ》を務めるドルクや他の部門長たちと話をし、一行は各施設を見学させてもらえることになった。

半分意見交換のような時間を過ごしていた中で、地下鉱脈での鉱物採取をするという話を聞いたシンたちは、作業の見学に訪れる。

ところが、その最中に突如大地が揺れ、地脈の中から巨大な神獣の骨が姿を見せた。

そして、骨からシンが持つアイテムへと力を移し、神獣アルマイズが復活する。

アルマイズはパルダ島に危機が迫っていると告げ、それを聞いたシンたちは、黒の派閥とともに戦うことを決意するのだった。

襲来するモンスターの大群。それを率いるのは、ボスモンスターであるヌヴァ。

戦いの中で、ヌヴァの真の目的が明かされる。

彷徨《さまよ》う魂《たましい》を集め、浄化し、世界の循環に還《かえ》す力を持つヌヴァは、長い年月を経てその体に穢《けが》れを溜め込み、おかしくなっていたのだ。

役目を果たすために戦うヌヴァに、シンはエレメントテイルのユズハと協力し、称号『解放者《かいほうしゃ》』

の力を解き放つ。

ユズハによって増幅された力が、モンスターたちを縛《しば》っていた穢れを消し去り、やがて大本であるヌヴァも、シンの手によって安らかに消えていくのだった。

†

ヌヴァが消えるのを見届けたシンたちは、しばらくその場に留まっていた。

状況的にもう終わったとわかっている。それでも、圧倒的とも言える数のモンスターがきれいさっぱり消えてしまうというのは、少し現実味がない。

シンは「もう何もないよな」と思いつつ、周囲を警戒していた。

「さすがにもう一匹とか、別のイベントが発生するとかは……ないか」

シンは息を吐いて、ユズハの背から降りる。

「そんなことがあっては、さすがに困《こま》るな」

苦笑するようにアルマイズが言うと、周りにいたシュニーやシュバイドといったパーティメンバーたちも、揃《そろ》って肩の力を抜いた。

アルマイズの方でも、改めてもうヌヴァたちの気配は感じないと伝えてくる。

「はぁ～、一時はどうなるかと思ったよ」

元プレイヤーのミルトが脱力しながらそうつぶやくと、パーティのムードメーカー的なポジションのフィルマも、それに応えながら武器を下げる。

「そうねぇ。単純に倒して終わりじゃないから、いつもと違った緊張感があったわね」

言葉にこそしないが、シュニーとシュバイドも同じ気持ちだろうとシンは思った。

「それにしても、ユズハはもう力を完全に取り戻したのですか？　完全に元に戻ったという話は聞いた覚えがありませんが」

子狐から一転、巨大な姿となったユズハを見上げながら、シュニーが言った。

今までもユズハが力を見せる場面はあったが、今回はその規模が違う。シンと協力したとはいえ、力を及ぼした対象や範囲が今までの比ではなかった。

「九割がた、といったところか。もっとも、一番肝心の部分がまだ解放されていないが」

水面の上に立ったまま、少し屈むようにしてシュニーへと顔を向け、ユズハは応えた。

本来の姿と言ってもいい状態だからだろう。ユズハの体から発する魔力が、ただの言葉にすら圧迫感のある重さを与えていた。

シンたちはユズハに敵意がないことを知っている上に、ステータスも高いので影響を受けないが、そうでなければ中級クラスの選定者《せんていしゃ》ですら膝を屈していることだろう。

「肝心の部分、ですか？」

「力が解放されつつあるがゆえに、己の中にまだ霞《かすみ》がかった部分があるのがわかる。我が力の核

たるもの。そして、それに関する知識だ」

ユズハの話を聞いてシンが思い浮かべたのは、神獣の持つ支配領域のこと。

かつて、エレメントテイルは広大な領域を支配し、多くの眷属《けんぞく》を従えていた。

しかしシンがユズハを発見した時は、領域も眷属も見ていない。エレメントテイルがいるにしてはあまりにも小さな神社だけ。瘴気《しょうき》によってインベイドモンスターと化してしまった狛狐《こまぎつね》の像は、もしかすると眷属だったのだろうかとも思う。

元の姿や領域のことを知っているシンには、当時の状況は「瘴気の影響で弱った」というだけでは説明のつかないものだったとわかる。

「今の姿が、完全ではないのか？　小さくなっているのは、その方が都合が良いからだと聞いていたが」

アルマイズが疑問を口にする。今の姿のユズハは、シンが知るエレメントテイルにかなり近い。アルマイズも、まさかまだ封じられている力があるとは思わなかったようだ。

「完全に回復していたら、ヌヴァの頭だけでなく、胴体も吹き飛ばしていただろう」

戦闘中にヌヴァの頭部を盛大に吹き飛ばした必殺技も、全力ではなかったとユズハは言う。少し悔《くや》しげなのは、簡単に再生されてしまったからだろうか。

「そこまで回復しているなら、いっそ最大状態まで回復させたいな。解放されていない部分って、どうやれば解除できるのかわかるか？」

シンの問いに、ユズハは首を横に振って答える。

「わからぬ。ただ、ここまで力が戻っても解けないほど強固な封印がされているところを見るに、外部から封印されたというよりも、自ら封印したのではないかと思ってしまうな」

自分の力や状態を細かく把握《はあく》できるようになったからこそ、違和感を覚えると、ユズハは返した。

何か重要なことを忘れている確信があるのに、肝心の内容を思い出せないという、もどかしい状態のようだ。

「力を借りた身としては、こちらも力になってやりたいが、封じられた力を解放するのは不得手《ふえて》だ。すまぬな」

神獣であっても、別の神獣に干渉するのは容易ではない。気落ちした様子のアルマイズに、ユズハは軽い口調で応える。

「構わんさ」

「……にしても、自分でか。でも、それならやった本人が解けるものじゃないか？」

シンが尋ねると、ユズハはわずかに首を傾《かし》げた。

「いや、それがどうにもこちらの干渉《かんしょう》を拒《こば》んでいるようなのだ。よほど見せたくないものがあるのか。それとも封印しなければならない理由があるのか。今の状態では予想ができない」

「やばいものだと困るけど、わからないことを悩《なや》んでも意味はないか。気にはなるが、今のところは手の出しようがないな」

自分で封印という話も、あくまで仮定のこと。わざわざ悪い方へ考える必要はない。

周囲をもう一度確認して、シンたちは島に戻ることにした。

カード化してアイテムボックスに入れていた魔導船を具現化して乗り込む。ユズハも子狐モードに戻って、シンの肩の上に移動した。


島へ向かう途中、まだ警戒を続けていた戦闘部隊のパルザンたちを発見したので、合流する。

「いやぁ、無事でよかった。突然奴らが引き返していくから、何事かと思ったよ」

パルザンによると、島に攻めてきたヘビンやコーパスといったモンスターたちは、戦闘中にもかかわらず防衛隊に背を向けて移動を始めたという。

隊員にトドメを刺せるような状況の個体もおり、九死に一生を得た者もいる。

パルザンたちが戦っていた場所とシンたちがヌヴァと向き合っていた場所は距離があったので、ヘビンの移動先にシンたちがいるとは思わなかったようだ。

ヘビンたちからはあえて背を向けて攻撃を誘っているというような意図は感じられず、隙だらけの姿に攻撃をしようとした隊員もいた。しかし、それでまた島へと進み始められてはたまらない。そもそも数で負けているのだ。

退《ひ》いてくれるならそれに越したことはない。また攻撃してくるにしても、回復する時間が得られるなら良いと判断し、パルザンは隊員に攻撃しないように命令を出したという。

「大きくなったアルマイズ殿と戦っていたのが、ヌヴァだったんだろ？　正直に言って、あんなのどうしろっていうんだと思ったよ」

　ヘビンたちが退いたことで、よそに目を向ける余裕ができた。その際に、ヌヴァとアルマイズの戦いが見えたとパルザンは言う。

　見上げるしかないほどの巨体を持つヌヴァと、それを引き裂くアルマイズ。まさに怪獣大決戦さながらの状態に、あれがこっちに来たらどうしようもないと、アルマイズの勝利を願わずにはいられなかったようだ。

「そういえば、最後に出てきた大きな狐？　みたいなモンスターはなんだったんだい？　大きさだけでもアルマイズ殿に匹敵する上、あの光だ。たまたまそこにいましたってわけじゃないんだろう？」

「そうですね。この状況で隠し事をするのも悪いですし、正直に話します。あれも俺のパートナーモンスターなんです。俺自身は召喚士としての実力はあまりないので、向こうが好意で力を貸してくれているだけですが」

　ユズハがそれだとまでは言わず、シンはあくまで他にもいると匂わせるような言い回しをした。パルザンの実力ならば、ユズハがただの子狐ではないことは察していてもおかしくはない。ユズハはパートナーモンスターだと紹介してあるが、シンたちが連れているモンスターが可愛《かわい》らしいだけの存在とは考えないだろう。

それでも、能力を全開にしたユズハと、今の子狐モードの彼女を関連づけるのは難しいはずだ。
それらが同一の存在というよりも、眷属が力を貸していると考える方が現実的だ。

そもそも、姿かたちもそうだが、何より纏《まと》う魔力があまりにも桁違《けたちが》いである。黄金の光を放ったユズハを見て、エレメントテイルを連想する者はいるかもしれない。だが、伝承だろうとプレイヤーの知識だろうと、エレメントテイルが子狐になれるなどという事実を知る者は、存在しないはずだった。何せ、何度も戦ったシンですら知らなかったのだ。

「あんなすごいのに好かれるシン殿にもビックリだよ。距離があってもやばいのがわかったからねぇ。敵じゃなくてよかったよ、本当に」

安堵《あんど》しているようにも、呆《あき》れているようにも見える表情を浮かべながら、パルザンはふぅと息を吐いた。シンのパートナーモンスターだという部分は疑っていない様子だ。

「自分で言うのもなんですが、信じてもらえるんですか？」

「その辺の選定者程度の言葉だったら信じられないだろうけど、そこはほら、シン殿だから」

シンの質問に答えつつ、パルザンは最後に「ねぇ？」と同意を求めるようにシュニーたちへと言葉を向けた。

「……」

「否定できないわね」

「うむ」

「だねぇ」

　無言でうなずくシュニーをはじめ、フィルマ、シュバイド、ミルトと、誰も否定しない。

　もちろん、全員がユズハの正体を知っているからだろうが、その表情や声音《こわね》から、知らなくても同じ反応だったのではないかと勘ぐってしまうシンだった。

「なんだろう。信じてもらえているのに、なんか納得できない」

　保有する情報量においてはこの世界でもトップクラスの組織に属するパルザンが驚愕《きょうがく》するほどの存在と、友誼《ゆうぎ》を結んでいる。疑われて当然の事実を信じてもらえているのに、シンは少しモヤモヤしていた。

「いやいや、それだけシン殿がすごいってことだからね！　というか、シン殿もヌヴァの首を飛ばしてたでしょ。あれを見て、ただの選定者とは思えないって」

「あ、そこは見えていたんですね」

　パルザンの発言を聞き、どのあたりから見ていたんだろうかと、シンは少し気になった。同時に、パルザンの表情を少しだけ観察した。

　ドルクたち部門長と違い、パルザンは生粋《きっすい》の戦闘職。今回の戦闘で、ヌヴァやアルマイズの強さを肌で感じたのは間違いない。

　力が隔絶していれば、ある意味現実感のない光景として映ったであろうシンの戦いぶりも、パルザンなら確かな現実として認識しているに違いなかった。もしそうだとすれば、シンの戦う様子を

見て感じた脅威《きょうい》は、戦いを生業《なりわい》にしていない者の比ではないはずだ。

「スキルありとはいえ、剣だけであの巨体を真っ二つにできるのは、戦闘職として憧《あこが》れるよ。俺たちももう少し強ければよかったんだけどね」

パルザンの表情からは、シンに対する恐れは感じられなかった。どちらかと言えば、自分自身の不甲斐《ふがい》なさを嘆《なげ》くような感情が滲《にじ》んでいた。

「今回のやつは、はっきり言って色々おかしかったですから。戦いも、勝ったというよりは勝ちを譲《ゆず》ってもらったというか、そもそも勝ったと言えないというか。微妙なところですし」

再生にもモンスターの数にも限界はあっただろう。シンたちならば、被害に目を瞑《つぶ》れば倒し切れたかもしれない。だが、それは意味のない仮定だ。

シンたちは戦いのつもりだったが、ヌヴァたちにとっては最も効率的な倒される方法だったという可能性すらある。

世界樹《せかいじゅ》の巫女《みこ》であるティエラも、モンスターたちが抱える苦しみを、鋭敏《えいびん》に感じ取っていた。

「不満があるのはお互い様みたいだね。よし、この話はここで終わりにしよう。島の皆《みんな》にも、危機が去ったことを伝えないと。どうなったのか気になっているだろうからね」

シンも不完全燃焼なのを察したようで、パルザンはパンと手を叩いて話を変えた。

シンもここでうだうだ言うつもりはない。話題を変えてくれたのに乗って、改めて島に帰還することにした。

報告には自分もいた方がいいだろうと言うパルザンを魔導船に乗せ、シンたちは防衛部隊の面々に先行して島へ向かう。

島へ近づくにつれて、海岸沿いの状態が見えてきた。シンの視界に映ったのは、並べられていた魔導砲や迎撃用の兵装が玩具《おもちゃ》のようにあちこちに転がっている光景だった。

「これは……」

シンは操縦桿を握《にぎ》りながら、モンスターは到達していないはずと訝《いぶか》しむ。

「おそらく、ヌヴァの咆哮《ほうこう》によるものだろう。あれは、ブレスや魔術のような攻撃ではなかった」

障壁が攻撃と判断しなかったのだろうというシュバイドの意見を聞いて、なるほどとシンも納得した。

ヌヴァが放った咆哮は、言うなればただのデカい音なのだ。スキルや装備による障壁も、ただの音であれば普通に透過する。ヌヴァのそれは、音というにはあまりにも強力だったが、それでもやはり攻撃には分類されないのだろう。

「下手な攻撃スキルより厄介《やっかい》に感じるな。その辺の対策も後で考えるか」

魔術スキルの中には視覚と聴覚を同時に封じるスタングレネードのようなものもある。これまでシンは、装備に付与するスキルの数や質の上限を増やす方法、より致命的な効果への対策などを中心に考えていた。だが今ならば、今回の叫《さけ》び声《ごえ》のような「致命的ではないが無策で受けるのはきついもの」への対策を考える余裕がある。

「でも、今やることはそっちじゃないな」

「まずは片付けと復旧作業ですね」

隣《となり》に立って言うシュニーにうなずいて応え、シンは港に向けて舵《かじ》を切る。

眼前にはなかなかの惨状《さんじょう》が広がっているが、人の反応はなく、視覚に作用するスキルを使っても姿は見えない。少なくとも、倒れた機材に押し潰されているとか、衝撃で吹き飛ばされて気絶している人は見つからなかった。

「皆避難したのかな？」

シンと同様に救助が必要な人はいないか探していたミルトの問いに、倒れた迎撃用魔導砲を見ながらフィルマが答える。

「でしょうね。この状況じゃ、残ってもまともな迎撃はできないでしょ」

「怪我人もいるかもしれないし、なるべく早く戻ろう。幸《さいわ》い、港はぶ――」

『みんなー、ボスは倒したー？』

無事みたいだ、と続けようとしたシンの言葉を、別行動していたパーティメンバーのセティから飛んできた音声チャット――【心話《しんわ》】が遮《さえぎ》った。

「シン殿？　どうかしたのかい？」

「ああ、仲間から【心話】が来たもので」

問題ないとパルザンに伝えて、シンは【心話】に意識を向けた。

　全体チャットモードでこちらの情報を伝えつつ、セティたちの状況も聞く。

　セティたちが相手にしていたヘビンやコーパス、融合個体も、シンたちの近くにいた個体と同じ行動をしていたようだ。

『最短距離を行こうとしたみたいで、障壁にぶつかると皆海に潜っちゃったのよ。シンたちの状況がよくわからなかったから、届く範囲で倒してたけど』

　戦闘当時、ティエラとの会話は全体チャットモードだったので、話を聞いたあとは様子を見るにとどめていたとセティは言う。

　ユズハが増幅したシンの称号の力は光となり、島を挟んで反対側にいたセティたちのところまで届いていたようだ。そして海に潜った個体も障壁にぶつかっていた個体も、皆同様に消えてしまったらしい。

　さすがのシンも、島の反対側まで光が届いていたかはわからなかったが、感知範囲外にいた個体もきっちり消えていたと確かめられたのは朗報だ。

　実は効果が及んでいないところがあって、残った個体がいたなんてことにはなってほしくない。

『こっちは間違いなく終わった。ヌヴァも消えたし、新しく湧いてくる奴もいなかったのも確認済みだ』

『よかった。もう、苦しまずに済むのね』

『そうだな。この称号には助けられてばかりだ』

デスゲーム最後のモンスター、オリジンを倒したことによってシンが得た三つの称号。その中でも、『解放者』の称号は他二つの称号と毛色が違う。

最初こそ、これらの称号はすべて自身の強化に繋《つな》がるとシンは考えていたが、実際は違っていた。自らに作用する『臨界者《りんかいしゃ》』と『到達者《とうたつしゃ》』と比べて、『解放者』は他者に使う頻度《ひんど》が高い。この称号がなければ、助けられなかった人も少なくはないだろう。

だが、そもそもなぜこの三つの称号を得られたのかという疑問もある。

オリジンの力を吸収したから強くなった。それはわかる。だが、それなら二つの称号だけで良かったはずだ。敵を倒すという点において、『解放者』の称号は必須とは言えない。

（拘束系《こうそくけい》を無効化できるのは助かるけど、ゲーム時代にはなかった〝隷属効果《れいぞくこうか》を解除できる〟って部分の方が役に立つんだよな。いや、どちらかといえば、こっちの方が本命か？）

ゲーム時代には、イベント時に手に入る素材を使って、隷属効果解除用のアイテムを作っていた。

だが、肝心の素材をドロップするモンスターは、この世界では存在しているかすら怪しい。

『隷属《れいぞく》の首輪《くびわ》』が出てきたイベント『嘆《なげ》きのマリオネット』は、ハロウィンの季節イベント。それなりに世界を回ってきたシンだが、季節もののイベントモンスターやアイテムは、見たことも聞いたこともない。

黄金商会《おうごんしょうかい》のベレットや、世界を股にかけて活躍していたシュニーですら聞いたことがないとなれば、運営の干渉がない世界では、そもそも存在していないと考える必要もあるだろう。シンはそ

う思っている。

（あれば研究の役に立つだろうけど、そもそも解除と言いつつ、実際はイベント中に敵対しなくなるだけだしなぁ。イベントの黒幕を倒して完全解除だから、根本的な解決をするには、結局称号の力に頼るしかない）

　称号の力をカードに込めることはできた。研究は続けるが、そのあたりはセティと協力して進めることになるだろう。

　早く結果が出ると良いなどと思いつつ、シンは魔導船舶を港に停泊させる。考え事をしつつも続けていた【心話】での会話も、一旦終了だ。

　シンは船の免許など持っていないが、ゲームの感覚がそのまま役に立つおかげで、船の扱いもお手のもの。もちろん、魔導船舶そのものに操縦を補助する機能もあるので、すべて自分の力などと調子に乗ることはない。

　全員が下船してから、シンは魔導船舶をカード化して収納し、移動先を決める。

「状況的に、指揮所ですかね？」

「そうだね。海岸沿いは遮るものがないからこの有様《ありさま》だけど、島の中ならここまで酷《ひど》い状態にはなっていないはず。モンスターが侵攻してきた場合も集合場所になっていたから、誰もいないってことはないだろうさ」

　パルザンに話しかける前に、退避した人々がどこに集まっているのか確認するために、近くの監

視塔にある遠距離通信魔道具『デンチャン』から連絡できないかとシンは考えた。

だが、記憶していた監視塔があるはずの場所を見ても、それらしき建物は見当たらない。他の兵器や機材と同様に、倒壊したと見るべきだろう。

パルザンの言う通り、指揮所は障壁を突破された場合の防衛拠点の一つとして、戦力の集合場所に指定されていた。

現状ではモンスターはいないが、怪我人の収容などをしている可能性はある。

周囲に注意を払いながら、一行は指揮所に向かった。

指揮所に近づくにつれて、人の姿もチラホラと見え始める。

人をまとめて指示を出していた人物にパルザンが状況を聞くと、ヌヴァの咆哮によって防衛線がずたずたになってしまったので、一時撤退して部隊を再編しているところだという。見かける人は皆鬼気《きき》迫《せま》る表情で、少しでも早く準備を整えようと必死に動いていた。

「俺たち最前線の情報が入ってこないところに、迎撃用の兵器類が使えなくなって防衛どころじゃないなんて情報が飛んできたら、こうもなりますか」

シンの言葉に、パルザンは肩を竦《すく》めて応える。

「多分、ギリギリで防衛設備に関する情報が伝えられたんだろうね。なんでこんなところにいるんだって、おじさん驚かれちゃったよ」

最前線でモンスターと戦っているはずのパルザンが現れたことで前線も崩壊したのかと勘違いす

る者もいて、落ち着かせるのに少し時間がかかった。

　前戦の者は全員無事で、シンたちは海沿いの光景を見て派閥の人たちを探していたのだと聞くと、力が抜けたようにへたり込む者もいるほどだ。

「ドルクさんたちは指揮所ですか。早く情報を伝えて、周知してもらいましょう」

　早足に指揮所へ向かう。シンたちの姿を見て話しかけてくる者もいるが、説明しているとキリがないので、心配ないとだけ伝えて歩を進めた。

　ドルクたちがいるという部屋に着いたシンが扉を開けると、中にいた者たちの視線が集中した。

　ドルクが驚きの声を上げる。

「シン殿っ⁉　なぜここに」

「事態の収束を伝えに来ました。ヌヴァと、そこから湧いていたモンスターはすべて消滅。戦闘は終了しています。海岸沿いの通信施設は使えなかったので、直接来たんです」

「なんと……防衛線の維持が不可能という通信以降、配置していた兵器を扱う部隊と連絡が取れなくなっていたが……それからさほど時間が経っていないというのに、いったい何があったのだ？　それに、アルマイズ殿の姿もない。まさか……」

　困惑《こんわく》しているのはドルクだけではない。緊急事態と判断して集合していたと思《おぼ》しき他の部門長たちも、同様の疑問を抱えているのは表情から察せられた。

「いえ、アルマイズがいないのは、ヌヴァたちが消えた影響で他のモンスターが寄ってこないか、

警戒してもらっているだけです」

　大きな怪我もないとシンが伝えると、少しだけ場の空気が和《やわ》らいだ。

「それで、ですね。ちょっと現実味がないかもしれませんが、何があったのかお教えします。ですが、先に戦闘が終了したことを島全体に伝えてほしいんです。敵はもういないので、撤退した人たちや警戒に当たっている人たちを、被害状況の確認や救助などに回してもらいたくて」

「……どうやら本当のようだな。防衛に人を回さなくていいなら、やれることが増える。すぐに手配しよう。通信士！　今の話を聞いていたな。島全体に戦闘終了と、手の空いている者は各自でできることをやるように伝達しろ！」

「了解！」

　ドルクの命令を受け、通信機器の前に座っていた者たちが、無事に機能している監視塔に連絡を入れていく。島全体に放送するような設備はないので多少時間はかかるが、これで無駄《むだ》に右往左往《うおうさおう》せずに済むだろう。

「では、本題の方だ。戦闘が終わったということは、すべてのモンスターを倒したと考えていいのか？」

「倒した、とは少し違うんですが――」

　他のメンバーにも聞こえるように、シンは少し大きな声で話す。

　ヌヴァとの戦闘から始まり、海岸沿いが壊滅した原因だろう咆哮や、ヘビンとコーパスの融合し

た個体の出現、そして最後の消滅。

　最後の部分だけは、パルザンに話したのと同じく、ユズハとは別の高位のパートナーモンスターの力を借りたという体《てい》にしておく。

「倒されることを望んでいた、か。襲われる方はたまったものではないが、それを聞いてしまうと、相手がモンスターでも同情せざるを得んな」

　人の敵として襲ってくるだけのモンスターではなく、世界の循環を促《うなが》すためのモンスターの存在。そして、その役目を担《にな》うがゆえの苦しみ。

　ヌヴァの消える様《さま》を聞いたドルクたちは、難題を前にした学者のような厳しい表情を浮かべている。

「もしかすると、『栄華《えいが》の落日《らくじつ》』とともに起こった天変地異の影響は、他にも残っているのかもしれませんね」

　シンの考えに納得したのか、ドルクがうなずく。

「ヌヴァという前例が見つかってしまったからな。シン殿たちは、今後はそれを探すのか？」

「いえ、あくまで可能性があるかもしれないというだけですし、もし探すとしても、それこそ雲を掴《つか》むような話ですから」

　今回のようにたまたま遭遇《そうぐう》したのなら、シンたちはなんとかしようと動くだろう。しかし、それを目的に大陸中を探し回るのは、さすがに無理だ。

「それに、今は島の施設の復旧が先です。海岸沿いの様子は見てきましたが、他にも被害を受けているんでしょう？」

「ああ、わかっているだけでもかなりのものだ。とくに監視塔は高さがあって遮蔽物《しゃへいぶつ》が少ないせいか、内陸部の方でも被害が出ている。急拵《きゅうごしら》えとはいえ、簡単に倒壊するようなものではなかったはずなんだがな」

それだけ今回現れたヌヴァが規格外だったということだ。

ただ、不幸中の幸いと言うべきか、今のところ人的被害はほとんど報告されていないという。

死傷者ゼロとはいかないが、派閥同士の協力関係のおかげで、任務についた職員たちは、市場に出回るよりも効果の高い回復薬《ポーション》を持たせられている。大怪我をしていても、医療班《いりょうはん》が到着するより先に応急手当ができたことが、死傷者の数を抑えられている理由の一つだ。

ドルクの話を聞いて、ヌヴァの攻撃による島への影響は、あくまでアルマイズへ向けたものの二次被害だったということなのだろうとシンは思った。

攻撃目的で使われていたら、もっと深刻な被害が出ていたのは間違いない。

情報共有を終えると、シンたちも手分けして被害状況の確認を行った。その機動力を活かして、通信ができなくなっているエリアに跳ぶ。

「あれか」

【遠視《えんし》】で強化された視力によって、倒れた監視塔がシンの視界に映る。

　山になっている部分の頂点に近い場所に建てられた、他の監視塔との中継地点も兼ねた塔だ。衝撃をモロに受けたのか、塔は半ばから折れている。

「まずそうだな」

　外に出ている者が三人。ただ、二人は地面に横になっている。

　回復薬《ポーション》で回復しきれない傷を負っている可能性もあるので、シンは速度を上げて地面に降り立つ。

　着地音に気づいたのか、二人のそばにしゃがんでいた一人がシンの方を向いた。

「あなたは……」

　シンの姿に驚いているのは、鍛冶を見せたあとに弟子入りを志願してきたドラグニルの女性——レトネーカだった。

　憔悴《しょうすい》した様子で、額《ひたい》に巻いている布からは血が滲んでいる。

　倒れている二人は意識がないのか、シンに対する反応はないが、苦しそうに表情を歪《ゆが》めていた。

　手や足に添え木がされているのを見るに、骨折しているのだろう。

「俺のことより、そっちの二人が優先だ。どういう状態だ？　怪我なら、回復薬《ポーション》が配られているはずだろ」

「それが、突然監視塔が揺れたと思ったら体が浮いて、部屋の中であちこちにぶつかって……それで、えっと……」

「ゆっくりでいいから」

当時を思い出そうとして混乱した様子を見せるレトネーカに、シンは一旦落ち着くように伝えた。

監視塔が倒れてからそれなりに時間が経っている。

救出に時間がかかったという事情はあるにせよ、シンはレトネーカの反応に違和感を覚えた。念のため、横たわったままの二人にちらりと目をやり、改めてＨＰを確認する。

二人とも七割は残っているし、状態異常の表示もない。ＨＰがだんだんと減少する様子もないので、すぐに危険ということはないはずだった。

レトネーカの話を要約すると、ヌヴァの咆哮で監視塔が倒れ、中で激しくシェイクされて三人とも気絶。その後、彼女だけが先に目を覚まし、二人を監視塔から担ぎ出した。しかし、二人は意識が戻らず、どうしていいかわからなくて動けなかった。

回復薬《ポーション》はあちこち打ち付けられたせいで手持ちはすべて容器が割れて中身が残っておらず、回復手段もない状況だった。添え木をしている部分は、おそらく折れているだろうと思って応急処置をしたという。

「状況はわかった。まずは全員を回復しよう。大丈夫だ。この二人も命にかかわる怪我をしているわけじゃない」

シンはレトネーカを安心させるために、内心を悟られないように意識して明るい口調で言った。

しかし全身を強く打ち付けてショック症状が起きたり、脳や内臓が傷ついていたりするかもしれ

ないという心配はある。

シンは医学に詳しいわけではないが、ネットやテレビなどで病気や健康に関する情報に触れる機会は多かった。そうした知識とゲーム時代の経験を照らし合わせ、状況を分析していく。

スキルの【ヒール】も回復薬《ポーション》も、どちらも傷を治す効果はある。ただ、それがどこまで効果を及ぼすのか、すべてを検証できているわけではない。

肉体的な損傷については対処できるだろう。

しかし、頭はどうだ。

レトネーカの話と巻かれた布からして、頭部を激しくぶつけている可能性は高い。

脳や周囲の血管、神経組織といった、ゲーム時は修復されているかわからない――もしくは、回復の描写がない部分に損傷があった場合、それは治るのか。シンには確証が持てなかった。

（いや、大丈夫だ。なくなった手足も再生されるし、シュニーの話じゃ内臓だって治る。頭だって表面上の傷は治るんだから、中身だけ例外っていうのは、逆におかしい）

色々と検証が進んだがゆえに噴出した疑問は意外と多い。そのせいで浮かんでしまった嫌な予想を振り払い、シンは加減なしの回復行為を全員に施した。

優しい光が三人を包み、傷を癒《い》やしていく。

やがて光が消えると、シンの目に映るＨＰバーは、全員全快していた。

「念のため確認するけど、どこか痛むところや違和感のあるところはないか？」

「……ない、と思います」

感覚を確かめるように、レトネーカは軽く体を動かしてから答えた。頭の包帯をとって軽く拭《ふ》くと、傷のない肌が見えた。

問題なしと判断して、シンは倒れた二人の方を向く。

こちらも苦しげだった表情は消え、ただ眠っているように見える。危機は脱したはずと、シンは小さく息を吐いた。

「もう大丈夫だ。手足も異常はないし、あとは目が覚めるのを待てばいい。指揮所では連絡の取れなくなった施設に救助のための人員を回す準備をしている。俺たちは、今回みたいに怪我人の治療が難しい状況になっている可能性を考えて、先行しているんだ」

「そう……だったんですね。ありがとうございました。私、どうしていいかわからなくて……」

「状況が不明瞭だった上に、二人を置いていくわけにもいかなかっただろう。応急処置はしっかりできていたし、やれることはしっかりやっていた。よくパニックにならずに動けたな」

自分も被害に遭《あ》った状況で、外部とは連絡途絶。そんな中、レトネーカは仲間二人を救出して、応急処置までしたのだ。十分すぎる働きである。回復薬《ポーション》が使い物にならなくなってしまったのは、不幸な事故と言うほかない。

「確認なんだが、他に脱出できていない人はいないんだよな？」

「はい。ここは敵が来るとしても、上陸を許してからになるのは間違いなかったので、配置する人

数を絞られていたんです」

「そうか。なら、ここはもう大丈夫そうだな。俺は他の場所を見てくるから、救助を待っていてくれ」

できることはやったと判断して、シンは次の監視塔に向かおうとした。

一歩踏み出したところで、服が引っぱられるような感覚があった。

「ん？　どうした。何か伝え忘れたことでもあったか？」

振り返ってみると、レトネーカがシンのコートの裾《すそ》を掴んでいた。

「えっと、その、何かあるわけじゃ、ないんですが……」

無意識の行為だったのだろう。レトネーカ自身も困惑しているようだ。

ドルクから聞いていたレトネーカの過去が頭をよぎったシンは、彼女が過去の体験から心細くなっているのではないかと予想した。

見当違いだったら後で謝ろうと思いながら、安心させるために言葉を紡ぐ。

「もうモンスターは来ない。これ以上誰かが傷つくこともない。それは保証する」

「……はい。すみませんでした」

シンの言葉を聞いて、レトネーカは掴んでいたコートを放す。

（今ので、かける言葉はあっていたのか？）

レトネーカの表情はまだ硬かったが、今は先を急ぐ必要があった。

地面に横になっている二人のように、治療が受けられずに苦しんでいる人がまだいる可能性があるのだ。

「もう、大丈夫です。行ってください」

「わかった。レトネーカも少し休んでおけよ」

シンは地面を蹴って空を行く。まだ連絡の付かない監視塔はある。少しでも早く終わらせようと、足に力を込めた。

†

怪我人の救助を終えたあと、シンたちは倒れた設備を立て直したり、周辺の調査をしたりしながら過ごしていた。

ヌヴァと取り巻きのモンスターたちの影響は、シンたちが想定していたよりも少なかった。

危険が去ったのを察したのか、少しずつ生物が海域に戻ってきている。

戦いが終わって三日。担当していたエリアの片付けを終えたシンが休憩していると、アルマイズが海から上がってきた。

元の巨大な姿なので、海面が大きく波打ち膨《ふく》れ上《あ》がった波がシンのいる方へ海水を押し上げる。

「よう。周囲の見回りか？」

足元に流れてくる海水をかわしながら声をかけると、アルマイズは体を小さくしながら近づいてくる。

「ああ、危機は去ったが、生物がほとんどいなくなったゆえに、ここを縄張りにしようとするモンスターが現れるやもしれん。それ自体は自然なこととはいえ、今は縄張りにさせるわけにはいかんからな」

3メルほどの大きさになったアルマイズは、海の方へ目を向けながら答えた。

海中にも、一定範囲を縄張りとするモンスターがいる。

ゲーム時代もエリアボスとして設定されていたモンスターがいた。モンスターによって縄張り内の状況は違い、ボスだけが君臨するタイプもいれば、眷属を大量に従えているタイプもいた。

アルマイズが問題視しているのは、基本的に縄張り内に人が入ると、ボスやその眷属が攻撃を仕掛けてくることだ。

黒の派閥の拠点であるパルダ島は、ヌヴァたちとの戦闘で動力部に過度な負荷がかかり、しばらく移動ができない状況にある。その状態で縄張りを作られると、人のいるパルダ島にもモンスターの襲撃が起こりかねないのだ。

復旧作業中に余計なちょっかいを出されてはたまらない。アルマイズが周辺の見回りを欠かさないのは、そういった意図もあるのだろう。

「アルマイズは、しばらくここに残るのか?」

「うむ、大きな危機は去ったが、地脈の乱れまではすぐに収まらん。落ち着くまでは見守る。それに、我の以前の体の骨も埋まったままだからな。あれも掘り出しておかねば、悪影響を与えかねん」

骨に宿っていた魂がシンの持っていたアイテムによって別の体を得たことで、以前の体の骨にはほとんど力が残っていない。しかしそれでも、神獣の骨が貴重な素材アイテムという事実には変わりない。もともと地脈に影響を与えていたので、このままにしてまたおかしなことが起こっては問題だ。

ただ、無造作《むぞうさ》に掘り出せばいいというわけでもないようで、そこは黒の派閥と協力して行う。ドルクをはじめとした部門長たちと話をしてあるようだ。

「俺がアイテムボックスに回収するって手もあるが」

「それは我も考えたが、一度に回収しては鉱床が崩れる可能性が高い。地脈が正常ならいいが、今の状態では下手に魔術を使うわけにもいかんからな」

「それもそうか。性質上、少しずつ小分けにして回収ってわけにはいかないからな」

アイテムボックスに収納するのも、カード化するのも、ある程度の枠がある。

肋骨《ろっこつ》や背骨といった単位では分けられるが、骨の先端だけ数センチとか、背骨の一欠片《ひとかけら》のみといった収納の仕方はできない。訓練すれば可能かもしれないが、今は無理だった。

アルマイズの骨は大きさもかなりのものなので、肋《あばら》が一本消えただけでも大きな穴が開く。そ

の結果、今の鉱床が崩落を起こしかねないのだ。

「全部終わったら、どうするんだ？」

「また海をさすらうだろう。それが、我の役目ゆえに」

「そうか」

　これだけの目に遭っても、アルマイズは自らの役目を全うする気のようだ。

「この島の者たちや、お主たちに受けた恩は忘れぬ。我の力が必要になれば、いつでも呼んでくれ」

「神獣の力が借りられるのはありがたい。そういえば、同じようなことをツァオバトにも言われたっけ」

　シンが神獣に力を貸すと言われるのは、エンシェントドラゴンのツァオバトを含めると二度目だ。ゲーム時なら考えられないなという思いから、つい口に出してしまった。

「ツァオバト？　察するに、我と同じ神獣か」

「ああ、同じようにモンスターを倒すために協力したことがあるんだ。ところで、向こうは俺の仲間の拠点を棲処にしているからすぐに連絡が取れるんだが、アルマイズはどうなんだ？」

「そうだな。これを渡しておこう」

　アルマイズがそう口にすると、シンとの間に小さな光が生じた。

　光は渦《うず》を巻くように変化し、直径3セメルほどの塊《かたまり》に変化する。それは半透明で、きれいにカッ

トされた八面体の形をしていた。

「一時的に遠距離で意思疎通ができるようになるアイテムだ。使用方法は魔力を流すだけでいい。使うと、通話以外にも互いの位置がわかるようになる」

「わかった。遠慮なく使わせてもらう」

シンはアイテムボックスに連絡用アイテムを収納し、改めてアルマイズに目を向ける。

遠くを見つめているアルマイズの視線を追うと、木陰《こかげ》に座り込むレトネーカの姿があった。

「休憩中かな」

「そのようだな……シンよ。あの娘、此度《こたび》の戦いで身内を失ったか？」

「ん？　いや、そんなことはないぞ。何か気になるのか？」

アルマイズが気にするほどのことでもあるのかと、シンはレトネーカを注視した。

一見すると、休憩時間に木陰で休んでいるだけのように見える。作業はエリアによって進み具合に差があった。

見える範囲にいるということは、シンが担当していたエリアの近くで作業していたのだろう。周辺の進み具合はシンも把握していたので、休憩とみて間違いない。

多少気になるのは、表情が暗いこと。

「あの者の気配。この島に住む者たちとどこか違う。戦いの前は危険なものではないだろうと放っておいたが、こうして落ち着いて観察すると、やはり違和感がある」

アルマイズが身内のことを聞いてきたのは、単純に親族を亡くして気落ちしているからかと確かめるためだけではないようだった。

「違和感か。多分、これなんだろうなってのは思い浮かぶけど、神獣のアルマイズが気にかけるほどかっていうと、そうでもないと思うんだよな」

シンは、レトネーカが異種族のハーフではないかと予想していた。

実際に見たことがあるので、【分析《アナライズ》】での表示のされ方も覚えている。レトネーカも、同じ表示のされ方をしていた。

二つの種族の特性を受け継ぐ『完成種《クリティカル》』と呼ばれる存在は、ゲーム時は存在しなかった。未知の存在として、アルマイズの感覚に引っかかるような気配をしているのかもしれない。

しかし、自分で考えたことだが、シンにはそれが間違っているような気がしていた。

アルマイズが違和感を覚えるほどの気配なら、自分だけでなくシュニーやティエラといった面々も何かしら感じ取っていないとおかしい。

ユズハも今の力の戻り具合なら、感知能力も十分戻っているはずで、ヌヴァのことが知られる前の段階で一言くらい言ってきそうなものだ。

「心当たりを聞いてもよいか？」

「そういう存在もいる、という話なんだが……」

アルマイズに問われたシンは、ハーフについて彼に教える。

ただ、気にするような特殊な存在はなかなかいないし、レトネーカはそういうのとは違うように感じることも言っておく。

「異種族の力を受け継ぐ存在か。それも考えられなくはないが、種族は違えども同じ人間という枠組みの力だ。複数宿っているからといって、それに対してここまで違和感を覚えるとは思えん」

アルマイズの言葉には、納得できないというニュアンスが含まれているようにシンには聞こえた。

わずかに黙り込んだアルマイズは、「これはむしろ」と小さくこぼした。

「心当たりがあるのか？」

気になったシンは、少し前にアルマイズがした質問を投げかけた。

アルマイズはそれに答えずに黙っていたが、シンがもう一度問いかける前に口を開く。

「すまぬ。少し集中していた。我の感覚はこれだろうという目星をつけた。しかし、こんなことがあるのか」

「こんなこと？」

アルマイズは困惑した表情でつぶやく。

「あの娘の中には、人とモンスターの力が混在しているように感じる。相容《あいい》れぬはずのものが、同じ器《うつわ》の中で共存していると、我の感覚が告げているのだ」

「人とモンスターの力が混在？　つまりあれか。レトネーカは人とモンスターのハーフってことか？」

それは、ゲーム時代にはあり得なかったこと。イベントやショートストーリーで孤児がモンスターに育てれられるというものならあるが、種族はあくまで人である。また、その過程でモンスターの力を得るなんてこともない。

「事実はわからぬ。しかし、そうであってもおかしくはない。それ以外に、存在する理由が想像できない」

「俺も聞いた覚えがないな。モンスターと過ごすうちにその力を取り込む、なんてことはないのか？」

「モンスターの力と人の力は似て非なるもの。我らもお主らも魔力を使うが、特殊な能力や道具を介さねば、互いの魔力を共有や譲渡することができぬだろう？　それくらい、魔力の質が違うのだ」

アルマイズの言う特殊な能力というのは、召喚士と召喚獣、調教師と従魔のような特殊な結びつきのことだ。シンがユズハとしている契約も、これに該当する。

「だが、これはあくまで我の感覚によるものを現実にやれるとしたら、という想像に基づく考えにすぎん。実際は我の知らぬ技術があるか、はたまた特別な事情があるか。答えは出んな」

「まあ、そうだな。気にはなるが、今はなんだか元気もないし、アルマイズが感じたっていうものについて本人に聞くのはやめておこう。そっちはドルクさんあたりに、それとなく聞いてみる」

神獣であるアルマイズが気にしているとはいえ、シンはレトネーカが危険な人物だとは思ってい

なかった。ドルクたちから聞いた事情を考えれば、彼女の行動もさほどおかしいとは感じない。

シンがパルダ島に来てから長くはないが、復興作業で働いている彼女の姿はとても真面目《まじめ》で一生懸命。行動に違和感もない。

「とりあえず、今はなんで元気がないのかだけ聞いておくかな」

見回りに戻るというアルマイズと別れ、シンは木陰で休んでいるレトネーカに近づく。

彼女に対する最初の印象はあまり良くなかったが、話もしたくないと思うほどではない。ドルクに注意されてからは、彼女が弟子入りを懇願してくることもなくなった。

ヌヴァとの戦闘後に救助した以外は、復興作業中にすれ違うようなことがあれば軽く挨拶をする。そのくらいの間柄《あいだがら》だった。

「よっ、休憩中か？」

「あ、シン殿」

顔を上げたレトネーカは、表情を穏やかなものに変えて応えた。

気落ちしているように見えたのも、アルマイズとの会話がなければ、ただ疲れていただけだと思ってしまうだろう。

「何か、御用ですか？」

「いや、たまたま見かけたから、ちょっと話でもと思ってさ。なんだか疲れた顔をしていたように見えたが」

今までの関わり方から考えると少し馴《な》れ馴《な》れしくはあるが、シンはなるべく軽い雰囲気《ふんいき》を出すように話す。

「ご心配をおかけしてすみません。少し疲れが出てしまったようで、休憩していたんです」

「そうか。あー……隣、いいかな？　俺も休憩しようと思っていたんだ」

「ええ、構いませんが、シン殿ほどの人でも疲れるんですね」

「ステータスが高くたって、疲れないわけじゃないさ。眠くもなるし、腹も減る」

レトネーカの隣に腰を下ろしながら、シンは少し冗談めかして言う。そのタイミングで、まるで狙ったかのように腹が鳴った。

「……な？」

恥ずかしさをごまかすように、シンは苦笑する。

時間を確認すると、あと三十分ほどで昼食の時間だった。

「ふふ、そのようですね。戦場での様子を聞きましたが、そこから想像する姿とずいぶん違います」

「俺たちが戦っている時の様子を？　……指揮所か」

レトネーカのいた監視塔はヌヴァの咆哮で倒れたはずだと、シンは救助した時の話を思い出す。

シンたちの様子が見えたとしたら、倒れずにいた監視塔か、指揮所になる。

「距離があったので、すべてはっきりと……とはいかなかったようです。でも、相手が大きかった

ので、とんでもないことをしていたのはすぐにわかったみたいですよ」

シンたちとヌヴァでは、縮尺が狂っているのではないかと思うほどの体格差がある。だというのに、シンが刀を振るうと、ヌヴァの巨体が嘘《うそ》のように真っ二つになった。そんな話をレトネーカは聞いたという。

戦闘時は黒の派閥の戦闘部隊も防衛のために下がっていたので、シンは見られているとは思っていなかった。

もっとも、それを気にしていられる相手でもなかったので、結局は同じことだ。

指揮所の面々も、自身の目で戦況を確認するために監視要員くらいは用意していてもおかしくない。

「確かに、今回戦ったヌヴァはでかかったな。海であんなのに出会ったらトラウマものだ」

シンは魔導船で海底に潜ったこともある。真っ暗闇の世界から突然ヌヴァのような巨大なモンスターが出てきたら、気が弱い者なら気絶してしまうだろう。

実際のところ、ゲーム初期はそのような事態が実際にあった。下手なホラーゲームより怖いと、話題になったものだ。

これは【THE《ザ》 NEW《ニュー》 GATE《ゲート》】に限らず、同じようなステージ設定のあるゲームでも度々問題になっていた。リアルな世界が構築できるようになったがゆえの弊害でもあった。

「でも、どれだけ怖くても、今回みたいに、必要になったら、戦わなきゃいけないんですよね」

軽めの口調で言ったシンに、レトネーカは噛《か》みしめるように言葉を返した。

どこか自分に言い聞かせるような内容で、やはり彼女はただ疲れていただけではないと、シンは確信する。

「そうだな。戦いが避けられないのなら、武器を取って抗《あらが》うしかない」

ドルクたち黒の派閥が、武装を整えてヌヴァたちに対抗しようとしたように。

アルマイズが、シンたちや黒の派閥と協力して戦うと決めたように。

何かをなすために、戦わなければならない時がある。

「戦い方は、人それぞれだけどな。レトネーカやドルクさんたちは直接戦うよりも、そのための道具作りがメインになるし」

戦うためにやれることは、人それぞれ。直接でなくとも、協力する方法はいくらでもある。むしろ、サポート側の方が重要なことすらあった。

「戦える奴だけでも、道具だけでもだめなんだ。やりようがないとは言わないけど、両方が揃っているのが一番だな。とくに選定者は、鍛冶師にはかなり世話になる。知り合いに、武器が耐えられなくて全力攻撃ができないって奴がいてな。ちょうどいい武器を手に入れるまで、色々苦労していたっぽいんだ」

とある国の王女が大剣を振るう姿を思い浮かべながら、シンは言った。もちろんシン自身も、ランクの低い武器をだめにしてしまった経験がある。

「武器、ですか」

「何か、思うところでもあるのか？」

シンは問い詰めるような口調にならないように注意しながら尋ねた。

レトネーカが答えてくれるかわからないが、聞かねば始まらない。

「シン殿。もし、ヌヴァとの戦いで私たちの作った武器を使っていたら、勝てましたか？」

「……そうだな。今回の戦いは正確には武器やスキルがすごくて倒したってわけじゃないが……黒の派閥の武器しかなかったとしたら、かなり苦戦したと思う。島の防衛に回ったティエラとセティも呼び寄せて、時間をかけて削るしか、対応策がなかったからな」

達人は得物を選ばないなんて言われることもあるが、その道の一流ならむしろ道具にはこだわれ、というのがシンの考えだ。

武器と装備を整えるのは、冒険者なら当たり前。その良《よ》し悪《あ》しで、勝負が決まることもある。

レトネーカがなぜそんな質問をしてきたのかなんとなく察しながらも、シンは偽《いつわ》りなく答えた。

「そう、ですよね。今の私たちの技術じゃ、本当に強い人たちが使うにはあまりにも足りないものが多い」

「かもしれない。でも、それで諦《あきら》めたら、その先はないぞ」

「わかっています。師匠たちも研究をやめる気なんてないですし」

だめなのは私です……と、レトネーカは続けた。

「あの日から、鎚《つち》を持つ手に力が入らないんです」

レトネーカは膝を抱いて小さくなった。

「ずっと遠くから戦いの余波を受けただけで、体が震えて仕方なかった。アレは私たちのことなんて気にもしていなかったのに、動けなかったんです」

ヌヴァの放った咆哮は、機材や物資以外にも被害を出している。圧倒的な力の余波を受けて、体だけでなく心に傷を負った者も少なくない。

たとえ戦闘力が低くても、レトネーカは選定者だ。一般人より能力が高い分、ヌヴァの脅威をより正確に感じ取っていた。

「俺が言うのもなんだが、今回の戦闘はまともじゃない。死傷者の数が少ないのは、本当に運が良かっただけだ。あのまま戦い続けていたら、防衛部隊も島も、無事じゃ済まなかった」

シンたちの存在は大きいが、今回はあまりにも数に差があった。ありすぎたとも言える。

戦っていたシンも、まるでモンスターが無限に湧き出てくるんじゃないかと感じたほどだ。ヌヴァの不死身のような再生力に対して、称号とユズハの力によって想定より早く倒すことができたから、被害が少なかったにすぎない。

「師匠にも言われました。頭ではわかっているんです。でも、体はそう思ってくれないみたいで」

自分が作る武器が、使い手の命に関わる。この世界では、それが当たり前。使い手を生きて帰らせるために、鍛冶師は自身の技術の限りを尽くして装備を作る。

ドルクも、レトネーカも、他の鍛冶師もそうだ。

だがもし、もしだ。

自分の作った武器が弱かったせいで、モンスターを倒せなかったら？

自分の作った防具が脆《もろ》かったせいで、使い手が致命傷を負ってしまったら？

それは、鍛冶師なら誰しも考えること。自分の腕が未熟だったせいで、倒せるはずの敵が倒せず、死ななくていいはずの誰かが死ぬかもしれない。

なまじ選定者として能力が高かったゆえに、鍛冶師として大きな挫折《ざせつ》を経験してこなかったのだろう。レトネーカは、初めて感じる誰かの命を左右するかもしれない重圧に、押し潰されてしまいそうになっているのだと、シンは思った。

「自分の武器を使ってもらうのが、怖くなったか？」

「……はい。もし戦っている時に武器が壊れてしまったらって思うと、怖くて仕方ないです」

シンの予想は当たっていた。日差しは強いのに、レトネーカの肩が震えている。

（さて、どうしたもんかな）

シンは掛ける言葉に迷っていた。

レトネーカの心配はこの世界では往々にして起こり得る。

程度の差こそあれ、シンだって同じだ。どれだけ万全にしても、装備が壊れることはある。

ゲーム時代には、幾度《いくど》となくモンスターに武器防具ごと粉々にされた。武器破壊に特化したモン

スターを見た時など、罵詈雑言《ばりぞうごん》を叫んだものだ。

ただ、ゲーム時代と今では、もしもの時の精神的ダメージがあまりにも違う。

自信を持って作り上げた武器が粉々に砕けて、持ち主も死亡なんてしようものなら、最悪の場合、鍛冶そのものをやめる可能性だってあるだろう。

死んだプレイヤーがデスペナルティとともに復活して、文句を言いに来るなんてことは、この世界ではありえないのだから。

「ふぅむ。なあ、レトネーカはなんで鍛冶師になろうって思ったんだ？」

この問題は多少のアドバイスでどうにかなるものではないと判断したシンは、レトネーカの根源に触れる質問をした。

ドルクから聞いた過去を考えると、復讐心《ふくしゅうしん》が再燃する可能性もある。それでも、目標に向けて行動する熱意があるだけマシだ。

どんな理由であれ、今はレトネーカが自身を奮《ふる》い立《た》たせられるような何かが必要なのだと、シンは思う。このままでは鍛冶だけでなく、何かを作るということそのものを恐れるようになってしまう気がした。

「なんで、そんなことを聞くんですか？」

「これまで話をしたことのある鍛冶師って、物作りが好きでやっている奴がほとんどなんだ。でも、レトネーカは少し違う気がしてな。戦う奴らのために役立つものを作るってところは同じでも、そ

の根幹部分が違うと思った」

「私のことは、どこまで聞いていますか？」

　レトネーカは、シンの口ぶりで自分の過去を聞いたのだと察したようだ。

「孤児だったとは聞いている。あとは、おそらく鍛冶に特化したタイプの選定者だろうとも」

「そこまで聞いていましたか。まあ、シン殿からすれば私が選定者だというのはすぐにわかったと思います。ただの技術による作品と、スキルによる作品はどこか違いますから。見る人が見れば、私が作った作品から技量を推し量るのは簡単でしょうし」

「腕が良いってことも聞いているよ。初めて会った時から、熱意があるのはわかっていたし」

　自分の作業を後回しにしても、シンが刀を作るところを見たいと言って飛び入り参加してきたのがレトネーカだ。目的はどうあれ、向上心があるのは一目瞭然だった。

「間違ってはいないと思います。ですが、私が技術を高めたかったのは、師匠たちとは少し目的が違うんです」

「その目的を聞いても？」

「構いません。皆知っていますから」

　レトネーカが語ったのは、ドルクから聞いていた話とほとんど一致していた。しかし、初めて耳にする部分もいくつかあった。

「私は普通の選定者とは少し違うらしくて。ドラグニルなんですけど、物の意思が感じられるとい

うか、なんとなくどんな状態かわかるというか、そんな感覚があるんです。父には、あまり吹聴《ふいちょう》してはいけないって、しつこいくらいに言われました」

「そんな大事な話を、俺にしていいのか？」

「大陸で知らぬ人はいないとまで言われるシュニー・ライザーの武器を預かる人が、悪人なわけがないですから」

「そりゃまあ、誰かに話す気はないし、利用してやろうという気もないけど」

レトネーカの口ぶりから、シンは改めてこの大陸の住人のシュニーへの信頼が尋常《じんじょう》じゃないと痛感させられる。

「選定者だったのもそうですが、この感覚のおかげで、武器を作る時の火入れのタイミングや、どこをどう打てばいいのかっていうのが他の人よりも理解できました。環境にも恵まれて、いろんな知識を得ることもできます。でも、私の中には父を殺したドラゴンへの怒りがありました。憎しみがありました。そんな時に、特効武器の話を聞いたんです」

「特効……キラー系の武器か。ドラゴンキラーはとくに有名だからな。資料も多く残っているし」

特定の種族に与えるダメージが増加する武器。特定の相手を狙うなら、狙う相手の種族がわかるなら、使用する得物として選択肢に入る。

シンも作り、使ったことがある。効果は間違いなくあるし、効果が適用される相手なら有利に戦えるのは間違いない。相手によって武器を替え、戦況を有利に進めるプレイヤーもいた。

しかし、シンは「俺の考えた最強の武器」を作るというのが鍛冶師としての目標でもあったので、キラー系の武器はあくまで参考にするものの一つと位置づけていた。

「自分なりに、良いものができるようになったと思っていたんです。どうしても試し切りに使えるのがワイバーンのような低ランクのドラゴンもどきでしたが、同じランクの武器よりもはるかに効果がありました。これをもっと強化できれば、いつか高レベルのドラゴンにもダメージを与えられる。そう、思っていたんです」

話しているうちに憎しみが再燃したのか、レトネーカの口調が強まる。しかし、それも一瞬のことで、すぐに声のトーンが下がってしまった。

「最高のドラゴンキラーを作る。そのために色々な資料を集めて、素材を吟味《ぎんみ》して、鍛錬《たんれん》方法《ほうほう》も片《かた》っ端《ばし》から試しました。でも、その結果できたのは、どこまで効果があるのかわからない試作品ばかり。戦いが終わってアルマイズ……さんが、本来の姿に戻った時、自分の作った武器が鱗《うろこ》に跳ね返されて砕ける幻《まぼろし》が見えました」

ドラゴンを憎んでいても、島を守るために最前線で戦ったアルマイズにまで憎悪を向ける気はないようで、レトネーカは多少ぎこちなくも話し続けた。

「武器の性能は鍛冶師としての感覚で、アルマイズの強さは生来の感覚や選定者としての能力の高さでわかるか」

「はい。あくまで幻ではありましたが、実際にやれば同じ結果になると思います」

技術の最先端を走る黒の派閥の中で自身を高めてきただけあって、武器の状態に関しては確信できると、レトネーカは言う。

シンも、相対するモンスターの格によって、一定のボーダー以下の性能では武器がもたないと感覚的にわかることがある。『真月《しんげつ》』が未だに修復できていないため、相手に合わせて武器を変えるが、選ぶ武器は皆、そうならないと信じられるものを使っていた。

「それも、誰かに自分の作った武器を使わせるのが怖くなった理由の一つか」

「はい。それに、思ってしまったんです。私は、本当に〝あのドラゴン〟を倒す武器を作れるんだろうかと」

「あのドラゴンって言うと、襲ってきたっていう」

「見たことのない、金色のドラゴンでした。額に赤い角が生えていて、鱗が鎧《よろい》みたいになっていました。今でもはっきり思い出せます」

襲われた当時、レトネーカは六歳だったと、シンは聞いている。

子供にとっては、たとえ低レベルのドラゴンでも威圧感を受けるものだ。それに、彼女の父親は冒険者や兵士のような戦闘職ではなかったようなので、殺されたとしても相手が高レベルモンスターだったとは限らない。

しかし、レトネーカの話を聞くと、本当に上位のドラゴンの可能性が出てきた。シンの知る下位のドラゴンに、金色のものはいない。

「絵にできるか？　これでもモンスターには詳しい。もしかすると、正体を知っているかもしれない」

「っ！　私の部屋に以前描いたものがあります。絶対に忘れないように、細部までしっかり描いたものが」

レトネーカの瞳に少しだけ力が戻る。落ち込んでいても、やはり父の仇《かたき》にまで無反応ではいられないらしい。

「見せてもらってもいいか？」

「もちろんです」

復旧作業については、シンと同じくレトネーカも終了しているとのことなので、時間を気にする必要はなさそうだ。

作業場を後にした二人は、パルダ島の中でも住民の住居が並ぶエリアまでまっすぐ移動する。そこにはマンションタイプの住居が立ち並び、非番と思われる職員の姿も見えた。

「こっちです」

端に近いマンションの一室に、レトネーカの部屋はあった。

中に入るとすぐダイニングがあり、奥に扉が二つ。レトネーカはまっすぐに左の扉を開け、部屋に入った。中にはベッドと机、本棚があるだけで、あまり生活感がない。

唯一それらしいものと言えるのは、コルクボードに貼られた四枚の絵。

記憶を頼りに再現したのだろう。細部まで描き込まれたドラゴンの絵だ。

レトネーカの視点から見た構図らしく、見上げるようなもの、背を向けて飛ぶものが角度を変えて二枚。

「これがドラゴンの姿です。完全に記憶の通りとはいきませんが、かなり近いのは間違いありません」

「少なくとも、下位のドラゴンじゃないな」

長い首とたくましい胴体。大きな翼に長い尾。ドラゴンと言われて多くの人が想像する姿だろう。

しかし、違いも多い。額には真っすぐ伸びた赤い角。他にも翼が四枚に、腕も四本。複腕、複翼のドラゴンは珍しくないが、シンがまず思ったのはこのドラゴンが普通じゃないということだ。

（レトネーカは鱗が鎧みたいになっていたと言っていたが、これはむしろ鎧を着ていると言った方がいい見た目をしている。モンスターが武装していることはあるが、全身鎧で武装したドラゴンは記憶にない）

モンスターの中にも剣や鎧を身に着けているものはいる。だが、それは元からそういうものとして生まれてくる場合がほとんどだ。

デュラハンの鎧や剣、ミノタウロスのバトルアックス、リッチの杖などがそれに該当する。

例外がいないわけではないが、そういったものは大部分が調査、解析に力を入れているプレイ

ヤーに調べ尽くされていた。

　調査から漏れていたのか、それとも今の世界になってから発生したものなのか。それはシンにも判断がつかない。

「この鱗というか鎧というか、これの下も金色だったのか？」

「すみません。突然だったのもあるんですが、陽の光を受けてかなり光っていたので、もしかすると全身が金色ではないかもしれないんです」

　鎧がドラゴンの体をまんべんなく覆っていたわけではないのは、絵を見ればわかった。ただ、その隙間もすべて金色に塗られていたので、鎧の下が何色なのかわからない。角の色と体の特徴、あとは体の色がわかれば、候補はかなり絞れるのだが、当時のレトネーカにそこまで観察しろというのは酷《こく》だろう。

「この絵を見る限り、俺にはドラゴンの鱗が鎧みたいになっているというよりは、専用に誂えた本物の鎧を装備しているように見える。正直に言って、この姿のままだと思い当たるものはない。でも、鎧以外の部分で共通する特徴を持つドラゴンなら、いくつか思い当たるものがいる」

「鱗じゃなくて、鎧ですか？　でも、モンスターですよ？　人が飼い慣らせる騎竜ならありえなくはないですが、背中にそれらしい人はいなかったです。それは間違いありません」

　どこか納得いかない様子のレトネーカが首を捻る。

　モンスターは武装しない。したとしても、それは生来のもの。それがこの世界の常識だ。だから

こそ、彼女も鱗だと判断したのだろう。

「俺もドラゴンを見たわけじゃないから、断言はできない。でも、調教師のジョブで従えられたモンスターなら、装備をつけることはできる。一番可能性が高いのはこれだな。竜騎士と違って、調教師なら、近くで身を隠しているだけでいい」

「それは……確かに、そうですね。言われてみれば、騎獣用の装備を作っている人も、います」

なんで今まで気が付かなかったのか。レトネーカは呆然《ぼうぜん》とした表情でそう口にした。

まるで、気づけないようにさせられていたとでもいう様子の彼女を見て、シンはドラゴンが纏う鎧に精神へ作用する効果があったのかもしれないと推測した。

レトネーカがぶつぶつとつぶやく。

「モンスターが武装……従魔？　……光って、空から……わた、しは」

「目撃された時のために、何か対策をしていたのかもしれないな。でも、これで――レトネーカ？　……おい、レトネーカ！」

様子のおかしさに気づいたシンが肩を掴んで揺らすと、レトネーカは頭を押さえてうずくまってしまった。

「どうした。顔が真っ青だぞ」

「すみ、ません。きゅうに、あたまが――」

「おっと！」

シンは意識を失ってしまったレトネーカを受け止め、ベッドに運んだ。

（精神攻撃……いや、支配か？　それに反応した感じだな。気づけないようにさせられていた部分に気づいてしまったから、支配が解けて反動のようなもの受けた？　それとも、もう一度記憶を封じ込めようとしている？　なんにしろ、このままにはしておけない）

レトネーカの状態を確かめるために【分析《アナライズ》】を使うと、それまでは存在しなかったはずのマークが表示されていた。

人の頭部に鎖が巻かれたマーク――洗脳状態を表す表示だ。

シンは状態異常を回復させる【キュア】をレトネーカに使う。

「ひとまず、これでいいか」

スキルの光が消えると、苦しんでいたレトネーカの表情が穏やかなものに変わる。

洗脳の表示が消えたのを確認すると、シンはシュニーたちに【心話】を繋ぐ。

大まかに事情を説明し、近くにドルクがいたらレトネーカの部屋に来るよう伝えてもらった。

鍛冶の師匠であり、レトネーカの事情をシンに話したのもドルクなので、呼ぶなら彼だろうと思ったのだ。


しばらくして、ドタドタと走る音が聞こえてきた。

シンは部屋を出て、慌《あわ》てて走ってきたドルクを落ち着かせる。シュニーとユズハも一緒に来てい

たので、一緒に招き入れた。

「精神支配の方は解除しておきました。少なくともそっちの心配はしなくていいです。一応、医者にも診《み》てもらってください」

「精神支配、だと？　そんなものが……ふぅ、恩に着る」

シンの言葉を聞いて驚愕の表情を浮かべた後、ドルクは自身を落ち着かせるために小さく息を吐いた。

ギリッと拳《こぶし》を強く握る音がする。

ドルクは怒りを押し殺した表情でレトネーカを見つめていた。

心を落ち着かせようとしてもなお、これだけの感情が漏れる。精神系のスキルはそれだけ危険で、忌避《きひ》されているのだ。

「シュニーからどこまで聞いていますか？」

「シン殿と会話しているうちに、レトネーカが体調を崩して倒れたと。まさか、精神支配を受けているとは思わなかった」

今までも、襲われた当時の話をしたことはあったとドルクは言う。その時は、おかしな様子はなかったようだ。

「多分、普通に話すだけなら問題ないんだと思います。必要以上に考えない――いや、意識を逸《そ》らすとか、そういう風に作用していたんじゃないかと。当時の状況から推測すると、目撃者対策って

感じがします。金色のドラゴンとなれば、噂《うわさ》にもなりやすいですし」
「しかし、わざわざそんなことをする必要があるか？　あの場にいたのはレトネーカと父親だけだ。あまりこういう言い方はしたくないが、両方殺してしまう方が手間はかからない」

目撃者は消す。大勢の人がいる場所でなければ、一番確実な方法だ。

空を飛べるタイプのドラゴンならば、高高度を飛行すれば目撃者が出ることもほとんどない。

口にしたドルクは、怒りから悩むような表情へ変わっている。

「そうですね。殺せない理由があったのか。別の理由か。そこはわかりませんが、少なくとも、もう精神系スキルの影響下にはありません。それは保証します」
「精神系スキルを解除できるとは、驚いたな。だが、おかげで助かった。改めて、礼を言わせてほしい」

頭を下げるドルクを押し留め、シンは言う。

「いえ、俺と話してなければ、精神支配が発現することもなかったので」

レトネーカとは何度も会っているので、通常時に精神支配状態でなかったのは間違いない。ある意味、シンが刺激したことで暴発させたようなものでもあるのだ。

「馬鹿《ばか》もん。精神支配だぞ。心や人格にどんな影響があるかわからんのだ。かかったままでいいわけなかろうが！　きっかけはどうあれ、解除されたのはいいことだ。感謝されて当然だぞ」

気にするようなことではないと、ドルクは怒りながらも褒めてくる。

言われてみればその通りで、精神系スキルに対する意識がズレてるな、とシンは反省した。

レトネーカはドルクに任せ、シンとシュニー、ユズハは、借りている宿舎に戻った。他のメンバーにも、この件は一旦解決したと伝えた。

「そういえば、シュニー。レトネーカを襲ったドラゴンだけど、心当たりはないか？」

長年様々な場所で活動していたシュニーには、商人や情報屋とはまた別の情報源がある。上級選定者でも立ち入れない場所にも入れるので、市場に出回らない情報を知っていたりもするのだ。

「金色の鎧で武装したドラゴンということでしたね。ですが、私も聞いた覚えがありません。他に事例がないのか、もしくは、レトネーカさんと同じように、目撃者が精神を操られている可能性がありますね」

「目撃者がいても、情報が出回らなければ、どの勢力も動かないか」

どのような事件も、発覚しなければ当事者以外には存在しないのと同義だ。いくらシュニーでも、存在しない情報や噂などは手に入れようがない。

「ユズハはどうだ？」

「わからない。少なくとも、私の知識にはないわ」

モンスター側の意見としてユズハにも聞いてみるが、やはりこれといったものは思い浮かばないみたいだ。

モンスターは基本的に持って生まれた装備以外を使うことは少ないし、今回のドラゴンのようにしっかりと作り込まれたと思《おぼ》しきものを偶然手に入れられるとは考えにくい。なので、調教師の従魔の可能性が高いだろうという意見だった。

「ただ、モンスターにも物作りが得意なものがいる。人と同じように、モンスター間で取引のようなものが行われている可能性も考えていた方がいいと思うわ」

中身だけ大人モードのユズハが、考えを述べた。

「モンスターが自分で装備を整える、か。襲われる方はたまったもんじゃないな」

装備によっては、モンスターが持つ弱点を補うこともできる。

取引をするほど知性が高い個体なら、意味もなく襲ってくることはないだろうが、裏を返せば、力押し以外の手を使ってくる可能性も考えられた。

地力の高いモンスターが装備を整え、その上戦略を駆使して攻めてくるなど、プレイヤー視点では考えたくない。

ユズハはあくまで可能性の一つと言うが、実現してもおかしくないので、今後は警戒が必要だろう。

「それにしても、あんなに感謝されるとは思わなかった。本当に、精神系スキルは忌避されているんだな。武芸や魔術のスキルと違って、使われることがないから、つい昔の感覚で話しちまう」

ゲーム時代の感覚が抜けきっていないのは問題だと、シンは自身を戒《いまし》める。

「今の人の生存圏では、使ってくる相手がほとんどいませんからね。戦闘で使われれば、ほぼ敗北と言ってもいいですし」

プレイヤーでなくても意識の差はあるようで、『栄華の落日』以前を知っている世代は、シンに近い感覚の者もいるとシュニーは言う。

「シンみたいなプレイヤーからすれば、多少面倒な状態異常でしかないものね。直接ダメージを与えた方が、戦況は有利になるし」

ユズハがモンスター側の意見を口にした。

高位のプレイヤーになればなるほど、状態異常に対する防御は厳重になっていく。精神系のスキルへの対策は厳重に行うので、シンも含めて効かないのが普通だった。

「そうなんだよ。昔より装備も強化したし、よほどの例外でもなきゃ、今の俺たちには効かない。積極的に使うものでもないし。でも使う気はなくても、使えると知られると厄介なことになりそうだな」

「そうですね。どうしても、使われたらという考えが浮かんでしまいますから」

犯罪者に対する尋問手段《じんもんしゅだん》としてならとても役に立つので、密《ひそ》かにそういうスキルを持つ人材を囲っている国や組織は、それなりにいるらしい。

「まあ、この問題については置いておこう。今はレトネーカの親を襲ったドラゴンのことだ。赤い角に複腕、複翼。でもって、西洋ドラゴンっぽい見た目と。思い当たるのは、ラーダルドラゴン、

アシラドラゴン、ジオドラゴンあたりか？」

「色や鱗の形状がはっきりわかれば、もっと絞り込めるんですけどね」

シンが名を挙げたドラゴンは、どれも赤い角、複腕、複翼の特徴を持つドラゴンだ。これらは原型が共通で、それを元に属性や棲息地《せいそくち》などに応じて色や外見にいくらか手を加えたデザインのドラゴンたちである。

すべてのモンスターをオリジナルデザインにするにはリソースが足りなかったということだろう。ゲームではよくある話だ。

ただ、今回はそのせいで目的のモンスターが絞り込めずにいた。鎧を装備していたことで、個々の特徴がわかりやすい鱗が観察できず、金色の光によってドラゴン自体の色もわからない。

シンが挙げた以外にも、角の色にこだわらなければ、複数の腕と翼を持つドラゴンは結構いる。実は特殊個体で、角の色は元の個体とは違うなんてパターンもあり、レトネーカの残した絵からの情報だけで判断するのは限界があった。

「こっちもお手上げか」

「私としては、レトネーカさんの父親だけが狙われたというのも気になります。状況だけなら、秘《ひ》密裏《みつり》に消されたようにも思えますから」

「そうなんだよなぁ」

してはいけない研究をしていたとか、秘密組織の構成員だったといった、物語ではおなじみの設定が飛び出してきそうな状況にも思える。

ただ、それならばレトネーカが無事なのも変な話なので、その線は薄いとシンは考えていた。

「……実は、アルマイズとこんな話をした」

調教師の存在をシンはレトネーカに話したが、別口の可能性があった。

それを話す前に、シンはアルマイズとの会話をシュニーに伝える。レトネーカが普通のハーフではないこと、レトネーカ自身も選定者やハーフでは説明のつかないような能力を発現していることなど。

シンがレトネーカに気になるような気配はなかったと伝えると、シュニーとユズハも同意見だった。

「アルマイズはわかって、私はわからなかった。契約をしていると感じ方が変わるのかしら」

ユズハとアルマイズの大きな違いは従魔契約の有無だ。

ユズハが気づけなかったのを気にしている様子だったので、シンはフォローしておく。

「アルマイズも違和感があって、そこから集中してわかったって感じだからな。そんなに気にすることじゃないと思うぞ」

本当にモンスターとのハーフなら、まさに例外中の例外だ。わからなくてもおかしなことなどない。

「あとは問題なく目が覚めてくれれば、一安心だな」

精神系スキルは解除したが、心が壊れてしまったのでは困る。

精神系スキルは解除後の状態がどうなるのかは検証するのが難しいので、解除したらもう大丈夫という保証はない。

とはいえ、今シンたちにできるのはレトネーカが目覚めるのを待つことだけだ。

Chapter 2　幸運の兎

THE NEW GATE

次の日。レトネーカが問題なく目覚めたとドルクから連絡を受けたシンは、やる気全開で復旧作業に当たり、またしても午前中に仕事を終えてしまった。

シンはしみじみとひとりごちる。

「普通は何ヵ月もかかる作業が、こうも簡単に終わるとは。モンスターと戦うより、こういう時の方が力の強さを実感できる気がする」

瓦礫《がれき》に埋まった部品や資料は、担当部門のメンバーが種類ごとに分けていく。こちらはシンが入るとかえって邪魔になってしまうので、無理に手伝うことはしない。

シンたちが担当しているのは、瓦礫の撤去のような力仕事がメインだ。一人で重機何台分もの働きができるメンバーが複数いるので、お手の物である。

しかし復旧作業が進むにつれて、手伝える仕事が減っていく。

黒の派閥としても、恩人に手伝いをさせるのは心苦しいようで、積極的に頼ってはこない。お互い、このくらいならという範囲で協力していた。

「仕事、もう終わった」

「そうだな。とりあえず、この後のことは昼飯を食ってから考えるか」

ユズハを肩に乗せたシンは、ゆっくり食事をしようと食堂へ向かう。時間はちょうど昼時だ。

作業場が鍛冶部門の近くだったので、宿泊施設に併設されている食堂が本日の食事処だ。

食堂に入ると、端の方にレトネーカの姿が見えた。

目を覚ましたとは聞いていたが、部屋で休んでいるものだと思っていたシンは、様子見がてら話しかけてみた。

「よ、体調はもういいのか？　気分が悪いとかあれば言ってくれ。状態異常を完全回復する薬もあるから」

「いえ、体はもともとなんともありませんでしたから、そこまでしていただかなくても大丈夫です！」

シンの出す回復薬《ポーション》が尋常なものではないと察したのか、レトネーカは慌てた様子で首を横に振る。

「そうか？　精神系はどんな後遺症があるかわからないからな。異変を感じたらすぐに言ってくれ。気が咎《とが》めるなら、精神系スキルを受けた場合の情報提供をしていると思ってくれればいい。こっちとしても、知っておいて損はないからな」

「そういうことでしたら。わかりました。でも、精神面も何か変わったと実感できるようなところはないんです。多少、頭がすっきりした気はしますけど」

徹夜した後にぐっすり眠った時のような感覚に近いと、レトネーカは言う。

実際、目覚めるまで一晩かかっているので、よく寝たといえばそうなのだが、元から夜はしっかり寝ていたようなので、おそらく精神支配が解けたことによる変化だろうとのこと。

「まあ、異変がないのが一番ではあるからな。作業にはすぐ復帰するのか？」

「いえ、師匠から二、三日様子を見ろと言われていまして。自分では大丈夫だと思うんですけど、逆の立場なら作業させられないのは理解できますし、大人しくしていようと思います」

改めて、襲われた当時のことを思い出そうと思っていると、レトネーカは続けた。

「それは、大丈夫なのか？　ドルクたちも絶対心配するだろ」

「そうなんですけど……突然休みができても、何をしたらいいか。周りは復旧作業で忙しくしているので、外にも出づらいんですよ」

自分だけ休んでいるのは気がとがめると、レトネーカは言う。それならばと、シンは以前から考えていたことを実行に移そうと思った。

「実は俺たちももう少し休んでいてくれと言われていてな。この際だから、レトネーカも一緒に行かないか？」

「遠出でもするのですか？」

「周囲の警戒という名目で、のんびり釣りでもしようかって話を、パーティ内でしていてな。俺たちも周りが働いている状況で休むのは気が引けるのは同じだから、いっそ周りに人がいない場所へ行こうってわけだ」

モンスターの警戒は、アルマイズがいるので神経質になる必要はない。

もちろん、本当に危険なモンスターがいれば討伐《とうばつ》するが、島と連絡がつかなくなるほど遠出する

わけではないので、帰ろうと思えばすぐに帰れる。

シンとしては、気分転換になればくらいの気持ちだ。

釣りならば必要以上に喋《しゃべ》らなくてもいいし、波に揺られながら考えを整理することもできる。

万が一レトネーカに精神支配の後遺症が出た時も、シンたちがそばにいればすぐに対処できるというのもあった。

期間としては、今日の午後から明日の夕方までを想定している。最終的にはドルクに確認してからになるが、止められることはないだろう。

「では、ご迷惑でなければ、ご一緒させてください」

「よし、決まりだな。他のメンバーにも声をかけるから、少し待ってくれ」

もともと話をしていたとはいえ、明確な日付が決まっていたわけではない。

シンはメンバーに【心話】を繋いでから、急な話で悪いと謝り、レトネーカの事情と休暇のことを話す。

『私は問題ありません。お供します』

『僕は大丈夫だよ』

『私とカゲロウも参加するわ』

『あたしは明日先約があるから、また今度ね』

『我も此度は不参加とさせてくれ』

『んー、私はやりたいことがあるからやめとく』

予定を確認すると、シュニー、ミルト、ティエラと相棒のカゲロウは参加し、フィルマ、シュバイド、セティは不参加となった。

なお、ユズハは尻尾をシンの腕にするりと巻き付けて参加を主張していたので、聞くまでもない。

「他のメンバーとも話がついた。一旦ドルクさんに話を通してから、改めて集合場所と時間を連絡する。船で一泊するから、その準備だけしておいてくれ」

「わかりました」

食事を終えてから一旦レトネーカと別れ、シンはドルクに連絡をする。たまたま近くにいたので直接話をすると、よろしく頼むと頭を下げられた。

ドルクもレトネーカに何かしてやれないかと考えていたようだ。ただ、立場上彼女だけに構っているわけにもいかず、どうしたものかと悩んでいたらしい。他の部門長も同じだ。復旧作業の指揮もとらなければならないので、手の空いている者がいないのだ。

ドルクに許可も取れたので、シンは参加メンバーに連絡をする。とくに残ってくれと頼まれた者はいないようで、二時間後に鉱脈見学の時に利用した埠頭《ふとう》に集合となった。


レトネーカにも連絡を入れ、シンは先に埠頭へ向かうことにする。

「せっかくだし、船は快適さ重視にしよう」

埠頭に着いたシンは、戦闘で使った魔導船舶はそのままに、別の魔導船舶をセッティングする。

船体を一回り大きくして、乗員分の個室を設定。浴室やキッチンなどの内装もワンランク上に。

「戦闘になった時のために外装は設定値高めにして、索敵に力を入れるか」

船体に武装をつけるよりも、シンたちが迎撃した方が早い上に強いので、まずは敵を発見することに重点を置く。とくに、海中の索敵用機材を多く設定した。

「こんなもんか」

セッティングが完了した船を具現化する。

ちょっとした客船と言っていい大きさだ。海洋部門の構成員が見たらすっ飛んでくるのは間違いない。

「くぅー」

ユズハは船の大きさに興奮しているのか、尻尾でぱたぱたとシンの背を叩く。これで出発準備は完了した。

まだ集合時間には早かったので、シンは内装を確認がてら船の中を見ておくことにした。

「どこも設計図通り、この辺はやっぱりゲームと同じだな」

こちらの世界で魔導船舶を設定して使用した数は少ない。

使用時の内容や機能はゲーム時と同じだった。戦闘用の魔導船舶はよく造っていたので違和感はなかったが、娯楽《ごらく》を目的としたものはほとんど造った経験がなかった。多少違うところもあるのだ

ろうかと思って見ておいたが、そういうこともないらしい。

「あとは皆が来れば出発だな。釣《つ》り竿《ざお》でも用意しておくか」

釣りをするかどうかは、本人に任せればいい。アイテムボックスの中に何本か釣り竿はあったが、せっかくなので新調することにした。

しばらくして、参加メンバーが集まってくる。

全員が集まったところで、早速出発することにした。

舵をとるシンの横で、レトネーカが呆《ほう》けたようにつぶやく。

「すごいですね。家が動いているみたいです」

(内装の豪華《ごうか》さを考えると、半分は合っているんだよなぁ)

船としての機能以外は、ほとんど家と言って差し支えないので、見慣れていないレトネーカがそう思うのも無理はない。

島を離れると、船の探知装置が小型のモンスターや魚の群れを捉え始めた。

ヌヴァたちが消えてからある程度時間が経っているので、中型以上のモンスターが戻ってきていてもおかしくないが、そういう気配はまだない。この辺りはもともと大型モンスターが跋扈《ばっこ》する海域というわけではないが、ヌヴァたちの影響はまだ消えていないのだろう。

島が見えなくなるくらい移動し、停泊する。

日が傾いてきているが、まだ夕方には少し早い時間帯。

ミルトとティエラ、ユズハにカゲロウは甲板で過ごしており、シュニーは夕食の仕込みをするとキッチンにいる。

艦橋兼操舵室にいるのは、シンとレトネーカだけだ。

「少し甲板に出てみないか？」

「はい」

甲板に出ると、ティエラが海面を覗《のぞ》いているのが見えた。ユズハとカゲロウは仲良く日向《ひなた》ぼっこをしている。

「あれ？　ミルトはどうしたんだ？」

シンが尋ねると、ティエラは目線で海を示す。

「船が止まったから少し泳いでくるって、海に飛び込んでいったわ」

「言われてみれば、下に気配があるな」

船が大きいので、甲板は海面からそれなりに高さがある。そのため、少し集中するとミルトの気配が足元より下にあることに気づく。

海中にいるようで、甲板から海面を見渡してもそれらしい姿はない。

「大丈夫なんですか？　簡単には上がってこられない高さですけど」

「ああ、それなら――」

心配そうなレトネーカにシンが説明しようとした矢先。大きな水飛沫《みずしぶき》とともに人影が甲板に降り

立った。

「ふっふっふ、とったぞー！」

ミルトは私物だろう銛《もり》を頭上に掲げる。銛の先には急所を突かれてピチピチと痙攣《けいれん》している魚の姿があった。その大きさはミルトと同じくらいだ。

「ミルトは水の精霊と契約しているから、心配いらないわけだ。水中の移動も手助けしてくれる」

「な、なるほど……」

レトネーカは先程操舵室で見せたのとはまた違った呆け顔で、ミルトを見ている。

ミルトが海面から飛び上がってきたことに驚いているのか、それとも仕留めてきた獲物に驚いているのか。もしくはその両方か。

「……大きい」

小声でつぶやいた言葉は、掲げられた獲物か、それとも水着に包まれながらも存在を主張するものを指してのものか。シンは聞こえなかったふりをした。

「あ、シンさん。どうこれ、大物じゃない？　トノサママグロでこの大きさは、なかなかお目にかかれないよ」

海水を滴《したた》らせながら近づいてきたミルトが、銛に刺さったままの魚を見せながら言う。

「何ぃ!?　確かによく見ればトノサママグロじゃん。素潜りで捕まえられるものなのか」

【ＴＨＥ ＮＥＷ ＧＡＴＥ】は食材として多くの現実の生き物を再現した――または模倣《もほう》した――

存在が各地に棲息している。

ミルトが獲ったトノサママグロもその一つで、現実のマグロを再現したものだ。

ただ、リソースの問題で大まかな分類しかされていない。メインはあくまでモンスターなので、専門家目線だと、ちょっと違うという部分も多かった。

トノサマとついているのは、マグロの中でも品質が良いものの証《あかし》。料理した時に評価が高くなりやすい食材の一つだ。海産物の中では希少な部類に入る。

「僕の手にかかれば、このくらい簡単——と言いたいところだけど、気配と姿を消して待ち構えてたら、ちょうど目の前を通ってくれただけなんだよね。さすがに素潜りで追いつくのは無理だったよ」

食材たちは現実の生き物を再現しているとはいえ、プレイヤーの高くなる身体能力に合わせたのか、現実より明らかにスペックが上がっているものも少なくなかった。

トノサママグロはまさにそれで、水中ならシンでも追いつくのは難しいほどの、おかしな機動力を保持している。

「普通は釣れたらラッキーっていう食材だからな。俺も狙うつもりだったけど、先を越されたか」

「せっかくだし、夕食までにどっちが多く釣れるか勝負しようよ。負けた方は何か一つ言うことを聞くってのはどう？　もちろん、無理のない範囲で」

「無茶振りなしなら、まあいいか」

相手を困らせるようなことはしないだろうという信頼があるので、シンはミルトが持ちかけてきた勝負を受けた。

ゲーム時代も似たようなことをしたので、少し懐《なつ》かしくなったというのもある。

「ティエラとレトネーカもどうだ？　釣り竿は人数分用意してあるんだ。やり方がわからないなら、教えるぜ」

「せっかくだし、やってみようかしら。あ、でも勝負はなしで」

「初心者狩りみたいな真似《まね》なんてしないって。まあ、釣りは初心者の方が釣れるってこともあるんだけどな」

ティエラは勝負に及び腰だが、熟練者でも確実に釣れるとは言えないのが、釣りの醍醐味《だいごみ》である。

レトネーカもやってみるとの答えだったので、勝負の前にシンとミルトでレクチャーすることにした。

「これもシン殿が作ったんですか？」

「ああ、木材がメインだから、鍛冶とは少し違うんだけどな」

レトネーカに餌の付け方を教えながら、シンは釣り竿をしならせてみせた。

特殊な薬液に漬け込んだ木材を使った釣り竿は、刃物を受け止めても切れない強度と柔軟性を誇る。そこに蜘蛛型《くもがた》モンスターの糸を組み合わせれば、それこそ漫画みたいに、人の何十倍もある怪魚でも釣り上げることができた。

「武器や防具もいいけど、こういうのを作るのも楽しいものだ。そういえば、物作りは鍛冶一本だったのか？」

説明をしながらも、シンは気になったことをレトネーカに尋ねる。

「いえ、他の部門の手伝いをすることもありました。当時の私は、武器の方に執着していて、あまり役に立てませんでしたけど」

「そうか。余裕がないと、どうしても視野が狭まるんだよな」

シンも復讐に走った過去がある。だからこそ、視野狭窄《しやきょうさく》に陥《おちい》る気持ちもよくわかった。

「シン殿にも、そんなことがあったのですか？」

「力があっても、うまくいかないことは多くてな。レトネーカの気持ちがわかるとは言わない。けど、全くわからないわけでもないんだ――よし、あとは海に糸を垂らして、ひたすら待つだけだ」

リールがあるタイプではないので、釣り竿を多少上下させるくらいしかやることはない。

シンも釣りは素人《しろうと》だ。もともと本格的にやるわけでもないので、このくらいの気楽さでいいだろうと思っている。

「さて、俺もやるかな。ミルトとティエラはどうだ？」

二人の方を見ると、ミルトがぐっと親指を立てた。

「一時間くらいいか」

「そうだね。魚は結構いたから、十分だと思うよ」

レトネーカとティエラがやり方を覚えたのを確認して、シンとミルトは勝負を始めた。

【透視《とうし》】を使えば、ミルトの言う通り、多くの魚が泳いでいるのが見える。時折現実では見たことないような魚もいるが、そこは気にしては負けだ。

「お、きたきた！」

釣り竿に反応を感じたシンが竿を引くと、確かな手応えが返ってくる。釣り上げたのは50セメルほどのアジに似た魚だ。

「む、先手はシンさんか。こっちもそろそろ、お、きた！」

ミルトの持つ竿のしなり具合が、かかった魚の大きさを物語る。釣り上がったのは、70セメルほどの鯛《たい》に似た魚だった。

すぐにティエラとレトネーカもこれに続く。

「あれ、これ、かかってる!?」

「あ、私もきました」

場所が良かったのか、餌《えさ》が良かったのか。全員が早くも一匹ずつ釣り上げている。

入れ食いとまではいかなかったが、釣れずに終わるということもなく、あっという間に時間が過ぎていった。

「あら、たくさんとれましたね」

食事の準備を終えたのか、シュニーが甲板に上がってきた。シンが生《い》け簀《す》代わりに出した桶《おけ》の中

で泳いでいる魚を見て、笑みを浮かべている。

「思ったよりたくさん釣れてさ。どうする？　食材として使うか？　そうでないなら、リリースするけど」

「釣った魚を食べるのも、釣りの楽しみと聞きます。せっかくですし、明日の朝食に使わせてもらいますね」

『よろしくお願いします！』

シンとミルトは、敬礼の真似事をしながら声を合わせた。

「なんで息ぴったりなのよ」

ティエラが呆れたように言うと、シンとミルトは視線を逸らしながら応える。

「魚をさばくのはいけるんだが、料理となると焼くくらいしかできなくてなぁ」

「モンスターの解体方法は覚えたけど、魚はわからなくって」

「この際ですし、捌き方と簡単な料理を覚えてみますか？」

そうシュニーが聞くと、シンは真っ先にうなずいた。

「自分で釣ったものを自分でさばいて食うのも釣りの醍醐味か。でも、もう夕食の準備はしてくれたんだろ？　明日の昼とかどうよ」

わざわざ仕込みに時間をかけてくれたのだし、急に予定変更というのもシュニーに悪い。

気分転換が目的なのだから、それもありだろうと、シンは提案した。

「では、そうしましょう。皆さんはどうしますか？」

「あ、僕覚えたい」

「じゃあ、私も」

希望したのはミルトとレトネーカだ。ティエラが何も言わないのは、月《つき》の祠《ほこら》にいる時にシュニーから直接指導を受けているからだろう。シンたちのパーティでシュニーの次に調理技術が高いのはティエラなのだ。

「ところで、勝負は僕の勝ちだね」

「く、あと一匹釣れていればドローだったものを」

釣果《ちょうか》はミルトが三匹、シンが二匹だった。そんな二人に対して、勝負をしていないティエラとレトネーカは、それぞれ五匹ずつ釣っていたりする。

「釣り勝負ですか？」

「ああ。ミルトと、勝った方が負けた方に一つ言うことを聞かせられるって条件でな。無理のない範囲で、だぞ」

「そうですか。言うことを聞かせる」

勝負の内容を聞いたシュニーの視線が、すっとミルトの方を向く。穏やかな笑みを浮かべていたシュニーの目が一瞬鋭くなったのを、シンは見逃さなかった。

「あ、いや、ちょっと装備のことで注文をつけるとか、そういうやつだよ！　変なこと頼む気はな

いよ！」

シュッと背筋《せすじ》を伸ばしたミルトが、あわあわと焦りながら早口で話した。

「わかっていればいいのです。シンも、あまり心配になるような勝負は控えてくださいね」

「わ、わかった」

言うことを聞かせるというのはまずかったかと、シンも反省する。

命懸けの戦いというわけでもなかったので、ついゲーム時の感覚で勝負を受けてしまった。おそらく、ミルトの方も似たような感覚だっただろう。

「では、食事にしましょう。もう日も暮れます」

穏やかな雰囲気に戻ったシュニーが、踵《きびす》を返して船内に戻る。

ミルトたちはすぐに、シンは生け簀に蓋《ふた》をしてからあとに続いた。

「……あの、シュニーさんって、もしかして」

シュニーの態度に色々と察したらしいレトネーカが、小声でティエラに話している。

「秘密にしているわけじゃないけど、できれば他の人には言わないでね」

「はい。というか、知られたら大騒ぎになりますよ」

先程の態度を見れば、シュニーがシンにどういう感情を抱いているのか、多少勘のいい者には察せられる。

レトネーカも理解したようで、興奮と驚き、困惑など色々と感情が入り混じった表情をしていた。

「私、シュニーさんってそういうものとは無縁だと思っていました。いろんな国の王子から求婚されても、すべて断っていたのは有名ですし」

「師匠の場合、見た目とか性格とか以外にも、国を運営する人たちにとって利点がありすぎるのよね。師匠を味方にできれば、周りの国に対して戦力的にも政治的にも優位に立てるし、国民からの支持も高まる。中には本気で惚れている人もいたけど、とにかくどこも必死だったわ。対応させられる身としては、たまったものじゃなかったけど」

　王族が月の祠に直接訪ねてくることも少なくないため、シュニーがいなければ店番をしていたティエラが対応せざるを得ない。月の祠の中なら直接危害を加えられることがないとわかっていても、気が気じゃなかったと、ティエラは当時のことを思い出してため息を吐いていた。

「大変、だったんですね」

「そうなのよぅ」

（いつの間に仲良くなったんだ）

　レトネーカとティエラの会話が聞こえていたシンは、二人の表情や態度に、友人のような気安さを感じた。船で合流した時も、初めて話すという様子ではなかったので、シンの知らないところで関わりがあったようだ。


　夕食を終えると一旦各自に割り当てられた部屋でシャワーや着替えを済ませた。

そして談話用の部屋に集まる。

日は暮れたが、寝るにはまだ早い時間だった。

シンは紺色《こんいろ》のセパレートタイプのパジャマ。ティエラは旅館で着たのが気に入ったらしく、以降は若草色の浴衣《ゆかた》が寝間着代わりだ。ミルトはクリーム色のゆったりとしたガウンのようなタイプで、シュニーは薄い水色のロングカーディガンのような寝間着を着用していた。

レトネーカは小麦色のバスローブだ。暑さと寒さ両方に対応する付与がされており、黒の派閥の職員は全員貸与されているという。

かつて研究に熱中しすぎて、風呂から即寝という職員が多くいたらしく、これだけでも羽織《はお》れと、揃えて作られた経緯があると、レトネーカが教えてくれた。

「明日は何する？　釣りもいいけど、せっかくなら水上バイクみたいなやつに乗ってみたいかな。シンさんなら持ってるでしょ？」

ミルトの提案を、シンは快諾《かいだく》する。

「天気が良ければ、それもいいな。安全面は装備とアイテムでどうとでもなるし」

シンにとって、水上バイクはマリンスポーツの一種という認識だ。現実ではやったことがないが、こちらの世界には動力源以外ほぼ同じものがある。

乗り物系は、実在するメーカーが宣伝目的でゲームにデータを提供するなんて事例は珍しくなかったし、プレイヤーが限られた範囲で再現しようと試みることは、もはや定番だった。

それは【THE NEW GATE】でも同じで、ゲームの独自モデルと実在のモデルのデータがそれぞれ存在した。遊びに使うにはもってこいだろう。

「その、すいじょーばいく？　っていうのは何なの？　乗り物なのは話を聞いててわかったけど」

ティエラの疑問に、さてどう説明したものかとシンは考える。

こちらの世界に来てから、使われているところどころか、姿さえ一度も見た覚えがない。

「説明するとなると難しいな。こっちじゃ、そもそもバイクが存在を忘れられているみたいだし」

「そうだね。あれって、アイテムボックスがないと運用難しいし、こっちだと全然需要ないからね」

商人なら馬車の方が荷物を多く積める。旅人が単独で移動するにも積載量が少なく、整備もスキルなしでは難しい。部品も手に入りにくくて、おまけに高価。走行時はそれなりに音が出るので、モンスターを引き寄せやすいと、こちらの世界にあまりにも不適合なのだ。

そんなバイクの話題に、シュニーも入ってくる。

「魔導バイクでしたら、資料を見たことはあります。でも、実物を見たことはないですね。部品はたまに遺跡で発見されると聞きますけど」

「滅亡した古代文明の遺跡か。今じゃ俺たちが使っていた施設も遺跡扱いだろうな」

【THE NEW GATE】には別の、古代文明の遺跡なるものが存在する。プレイヤーにとっては高価なアイテムがドロップする場所という認識だ。イベントの導入で使われるこ

ともある。

一番世話になるのは生産職で、素材だけでなく、装備やアイテムの設計図が古代の壁画のような形で手に入ったりする。シンも一時期遺跡探しに邁進《まいしん》したことがあった。

「バイクは口で説明するより見た方が早いな。水上バイクは陸で使うやつの水辺仕様とでも思っていてくれ。明日実物を見せる。雨だったら、また別の娯楽を考えよう」

「わかりました。楽しみにしています」

その後はこの際だからやりたいことを列挙していこうということになり、話が弾んだ。

この世界では娯楽のための大掛かりなアイテムは少ないようで、シンやミルトが話す遊ぶための品について、ティエラとレトネーカの食いつきはすごかった。

逆に、レトネーカたち現地組の娯楽について、シンたちが聞く側に回ることもあった。


そうしているうちに時間は過ぎ、話のキリが良いところで一旦お開きになった。

夜更《よふ》かししてせっかくの休日を寝不足で過ごすのはもったいない。

シンも部屋に戻り、ベッドに腰掛ける。程よい柔らかさと反発力だ。明日が晴れることを祈りながら、ものだけ確認しておくかとアイテムボックのチェックを始める。

水上版魔導バイクは魔導船舶の構成パーツを流用できるので、問題なく全員分揃えられそうだ。

取り出しやすいように、アイテムボックスの並び順を変更しておく。

「楽しそうね」

「ああ、久しぶりに遊んでいるって感じがする。別の目的もあるけど、そっちに気を遣いすぎると、逆効果になりそうだしな」

　体は子狐、頭脳は大人モードのユズハに返事をしたシンは、レトネーカのことを考えていた。

　皆で何かを楽しむなら、まず自分から楽しまないと、相手に負担を強《し》いてしまう。それでは海に誘った意味がない。

　なので、シンは今日のミルトとの釣り勝負は全力で楽しんでいたつもりだ。

「それでいいと思うわ。さて、じゃあ今日は月と海を供に眠ることにするわ」

　そう言うと、ユズハはベッドから下りてドアへと向かう。

「え、いきなりどうしたんだ、ユズハ」

「気にかけなきゃいけない子は、他にもいるのよ？　ちょっと周りの目を気にしすぎるところがあるから、今夜はしっかり甘えさせてあげなさい。言っておくけど、今日は外の気分なのも本当よ」

「……そういうことか。わる――いや、ありがとうな」

　ユズハは返事代わりに尻尾をふりふり。とことことドアに近づき、尻尾でドアノブを回して出ていく。

　開きっぱなしのドアの向こうには、シュニーがいた。

「ユズハはどこへ？」

「今日は月明かりの下で眠りたい気分なんだとさ。部屋に戻る前に少し見たけど、ほとんど満月だったから、たまにあるやつだろう。エレメントテイルは種族的に月が好きなのかもな」

ゲーム時代は、夜にエレメントテイルの支配領域を訪れると満天の星とまん丸の月が浮かんでいるのがデフォルトだった。

理由はわからないが、ユズハも月が好ましく感じるようで、移動中に野宿する際は、時折月明かりの下で眠ることがあった。

「気を遣わせてしまいましたか」

「ゼロじゃないだろうけど、全部でもないと思うぞ。今日は外な気分なのは本当だって、念を押されたからな」

「そうですか。では、この機会を逃さないようにしましょう」

ドアを閉めて部屋に入ると、シュニーはシンの腕を抱きしめながらベッドに座る。

薄い水色の寝間着越しに、シュニーの温かさと柔らかさが伝わってきた。

魔術的な付与がされていても、生地《きじ》の薄さは変わらない。普段着とは少し違う感覚に、シンは鼓《こ》動《どう》が早くなるのを実感していた。

「こうして二人でまったりするのも、久しぶりな気がするな」

「色々と立て込んでいましたからね」

「ちょっと夜に部屋まで来るとか、行くとかしてもいいのでは？」

シンは返ってくる答えがわかっていたが、あえて聞いた。

クリカラの宿では大部屋だったが、移動中に月の祠を出した時や、黒の派閥からあてがわれている部屋などは個室だ。

「それは……フィルマたちがいると、その、どうしても見られているような気がして」

恥ずかしいんです――と、最後の部分だけ小さくささやくように言うシュニー。耳が少し赤くなっているのが見える。

「月の祠なら、透視はできないぞ。それに、いくらフィルマたちでも、実際に覗いたりはしないだろ」

シュニーをからかうのは主にフィルマだが、ある程度の節度は守っているはずだと、シンは思っている。

「目で見えなくても、気配でわかるじゃないですか。前に一度シンの部屋で過ごした時に気づいたんです。翌日にフィルマやセティがニヤニヤしていたので、問い詰めて吐かせました。ただ、そこで終わりならまだ耐えられたのですが、シュバイドまでうんうんとうなずいてきたんです。あとで自分で確かめました。月の祠内でも、集中すれば部屋の中で何をしているか、おおよそわかります。

かなり、詳細に」

「まじか……」

フィルマやセティとシュバイドでは、意図するものが違うのだろうということはシンも察しがつ

いた。シュニーもそこは理解しているようだ。

しかし、目視ではないとはいえ、情事が筒抜けの状態であることは変わりない。

ずっと気配を探り続けるような真似をしているとは思えないが、可能だと知ってしまった以上、シュニーとしては気にせず行為に及ぶわけにはいかないのだろう。

シンも気にならないと言えば嘘になる。

「もしかして、フィルマたちが来なかったのって」

「いえ、それは偶然……かはわかりませんが、私は何も」

シュニーが根回しをしたわけではないらしい。シンは偶然だと思うことにした。

わずかな沈黙の後、シンは口を開く。

「つまりだ。今日は絶好のチャンスというわけだな」

「そういうことです」

抱きしめられた腕から、シュニーの胸の鼓動が伝わってくる。自分と同じくらい、心臓が早鐘《はやがね》を打っていた。

「明かり、消すか？」

「……いえ、このままで」

夜が更けていく。

どこからか、狐の鳴き声が聞こえた気がした。

†

一夜明け。シンは隣で眠るシュニーに布団をかけてから部屋を出る。

まだ起きるには早い時間。もう一度寝てもいいのだが、シンはふとユズハのことが気になった。

甲板に出ると、ちょうど夜が明けるところだった。

「おはよう。早いのね。もういいの？」

「おはよう。なんだか目が覚めちまってさ。あと、昨日はありがとな」

日が昇る光景を見ながら、シンはユズハに礼を言った。

外で過ごしたいというのは本当だろうが、気を遣ってくれたのも本当だ。

「シュニーも、周りのことなんて気にしなければいいのに」

「フィルマたちもずっと観察しているようなことはしないだろうけど、気分的に嫌なのは俺もわかるからなぁ」

シュニーは他のメンバーの気配察知能力なら何をしているかわかると言っていた。とはいえ、一晩中シンたちのいる部屋の気配を探り続けるような真似を、フィルマたちがするとは思えない。

いくらパーティメンバーでも、プライバシーは守られるべきだし、そのくらい皆わかっているだろう。

おそらく、なんとなくこういうことをしていると察したあたりで、気配を読むのはやめているはずだとシンは考えていた。

「気配も探れないように改造したら？」

「それが一番手っ取り早いか。俺も、たまには人目を気にせずシュニーとイチャイチャしたいし」

見られはしなくとも、そういうことをしていると知られるのは、少々気まずい。

ユズハの提案も、シュニーの話を聞いてから考えていたことではあった。

「そこは戻ってから考えるとして、船にも少し手を加えておくかな。さて、俺は戻るけど、ユズハはまだここにいるか？」

「私はもう少しここにいるわ。食事の時間には戻るから」

「了解だ」

シンは船の中に戻り、談話室で水を飲もうとキッチンへ向かう。

すると、談話室には先客がいた。

「おはよう。ずいぶん早いな」

「お、おはよう。シンさんこそ、早いね」

談話室にいたミルトは、少しぎこちない様子で挨拶を返してくる。よく見ると、顔が赤い。

「少し、顔が赤いぞ。まさかとは思うけど、風邪《かぜ》か？」

「いやいや、まさか。そんなことないよ！　元気元気！」

シンが熱でもあるのかと近づくと、ミルトは慌てて否定し距離を取った。

明らかに様子がおかしい。

「風邪じゃないなら、なんでそんなに顔が赤いんだ？　しかもそんなに慌てて。怪しいな」

怪訝《けげん》な顔をしながら、シンは距離を詰める。

ミルトは縮められた分だけ後ずさるが、慌てていたせいか背後が壁になっているのに気づかず、これ以上下がれないことを知って、視線が泳いでいた。

「え、ええと……僕二度寝してくる！」

「逃さん！」

スキルまで使って談話室から飛び出そうとするミルトに、シンもスキルを使って対応する。

ミルトの前に回り込んで、進路をふさぐ。

横を通り抜けようとする彼女の左腕を捉えるべく手を伸ばす。

ミルトがその手を弾こうとする動きに合わせて、シンは彼女の手を掴んだ。

ミルトも力は弱くない。しかし、シンのステータスには敵《かな》わない。振り払えないと瞬時に判断し、今度は右手でシンの腕を弾こうとする。

その手も、シンはキャッチした。

両手を押さえつけたまま、シンはミルトを壁際《かべぎわ》に追い込む。足技を使ってくるだろうかと警戒していたが、その気配はない。

「さて、白状してもらおうか。というか、顔真っ赤だぞ」

少し、とシンが思う程度だったミルトの顔は、今やはっきりとわかるくらいに赤くなっていた。

「だって、この状況じゃ……」

「状況？」

ミルトの言葉に、改めてシンは状況を確認した。

シンはミルトの両手を掴み、壁際に追い詰めている。

これは間違いない。

補足するとすれば、両手とも手のひらからスキルを使われる可能性を考慮して、指をがっちり組んでいる。さらにミルトをホールドアップさせるように腕ごと押さえつけていた。

事情を知らない第三者が見れば、シンが逃げるミルトを捕まえたというよりは、彼女を力ずくでどうにかしようとしている風に見えるだろう。

「素直《すなお》に話してくれるなら、ここまでしないんだが？」

「その発言はちょっと複雑だけど、わかった。話すよ」

「はじめからそうしてくれ……ん、いや待て、なんで手を組んだままなんだよ。逃げないなら押さえつける必要はないだろ」

もう逃げる気はなさそうだと手を放そうとしたシンだったが、がっちり組んだ手を、今度はミルトの方が放してくれない。

「押さえつけてくれないなら、話すのやめよっかなー」

「なんでだよ……」

こいつの考えはやっぱりわからんと、シンは肩を落とす。

「こういうのも悪くないっていうか。まあ、それはいいとして、なんで僕が逃げようとしたかなんだけど」

「結局なんだったんだ」

「ええとね。ちょっと口にするのが恥ずかしいんだけど、シンさんとシュニーさん、昨日同じ部屋で過ごしてたよね」

「なぜそれを……っ!?　お前、まさか」

昨日、シュニーから聞いた話がシンの脳裏をよぎる。

「この魔導船舶ってさ、気配遮断効果ってないでしょ？　あと、【透視】妨害も」

「普通はないだろ。いや待て、素材の効果で完全な【透視】はできないはずだぞ」

シュニーから話を聞いている時に、シンは一瞬だけ【透視】を使って確かめていた。見えなくはないが、スモークガラス越しに見るような、酷く曖昧《あいまい》な見え方しかしないのは間違いない。

「そうなんだけど、気配察知と組み合わせると、何をやってるのかはわかるわけでして……」

視線を逸らしながらミルトは言う。この時点で、なぜ彼女が逃げたのか、シンは察していた。

「直接見てないとはいえ、あまり感心しないぞ。シュニーもそういう可能性があるから、普段は控

えているって言ってたんだからな」

「最初はできるかなって思っただけだったんだよ。でも、いざやってみたら思ったよりはっきり感知できたから、つい悪戯心《いたずらごころ》が湧いたというか」

少しだけ探って終わりにするつもりだったと、ミルトは語る。

「僕だってずっと見てたわけじゃないよ！　最初はイチャイチャしちゃってもう、くらいに思ってただけだし。羨《うらや》ましかったから、後でちょっとからかうかってやるくらいのつもりだったんだ。でも、まさかその先にいくとは思わなかったんだよ！」

「それにしたって、お前……」

「デリカシーがなかったのは謝るよ。誓って、ずっと見てたなんてことはないから」

最初は何をしているのかわからなかったと、ミルトは言う。そして、それが明らかになった瞬間、すぐに【探知《たんち》】を切ったようだ。

「ユズハと話した対策が、早速必要になるとは。フラグを立てたつもりはないんだがな」

「僕も回収したつもりはないよ」

力が緩んだ隙をついて手を放したシンは、やれやれとため息をつく。

「この話はシュニーには内緒にしてくれ。正直に言って、どう伝えればいいのかわからん」

「誰にも言えないよ、こんな話」

「それもそうか。なら、この話はここで終わりだ。シュニーと会った時に、顔に出さないように気

をつけろよ。一発でバレるぞ」

「う、がんばる」

自信がない様子のミルトに、いざという時は正直に言おうとシンは決める。

談話室から自室に戻り、もう少しだけ眠ろうとベッドに入ると、シュニーが目を覚ました。

「シン？」

「ちょっと目が覚めてな。ユズハの様子を見てきた。もう少しだけ眠らせてくれ」

「わかりました」

シュニーは横になったシンに近づき、寄り添うようにして目を閉じる。

普段はキリッとした雰囲気のシュニーだが、二人きりの時は甘えてくることが多い。

そんな彼女を愛おしく思いながら、シンは再び眠りに落ちた。


わずかな振動を感じて、シンは再び目を覚ます。視線を動かすと、シュニーが身を起こしていた。

「おはようございます」

「おはよう」

挨拶を返して、シンも起き上がる。睡眠時間は少し短いはずだが、眠気は感じない。

ベッドの上に座ったまま、シュニーの姿をじっと見つめると、視線に気づいた彼女が、少し責めるような視線を送ってくる。

「シン。あまり女性が着替えるところを見つめるのは感心しませんよ」

「わかっているが、やめられないのが男ってやつなんだ」

「もう。仕方のない人ですね」

呆れたように笑って、シュニーは着替えを続けた。

エルクントで二人きりの生活をしていた時も同じようなことがあったので、今更だと思い直したようだ。

着替えを終えると、シュニーはシンも早く身支度するように促した。

それもそうだとベッドから下りたシンに、シュニーが近づいてきてニコリと笑う。

「言っておきますが、見ていい相手はわかっていますね？」

「もちろんだ」

「よろしい」

返事を聞いて、シュニーの笑顔が少し柔らかくなる。

今のは彼女なりの冗談だったのか、それとも釘を刺しているのか。もしくはその両方か。

少し迷ったシンだったが、他の誰かと同じ状況になることはないだろうと思い直し、どちらでも問題はないと結論付けた。

「朝食の準備をするか」

「リクエストはありますか？」

「俺は和食の気分だけど、島の食堂のメニューを見た限り、レトネーカは和食を食べ慣れていないだろうし、今日のところは洋食でいこう」

「わかりました」

キッチンに行くと、シュニーの指示のもと、朝食の準備を始める。

シンはパンを焼いたりサラダを作ったりと、細々した作業を担当した。簡単な料理なら自分でもできるが、やはりシュニーが作った方が圧倒的に美味《うま》いのだ。

しばらくすると、ティエラやレトネーカがやってくる。

ミルトも少しぎこちないが、いつも通りだった。


食事を終えると、シンは皆に水上バイクの使い方を教えた。一応、モンスター対策として一定範囲を魔術による氷で囲んで、疑似的なプールのような状態にする予定だ。

もちろん、モンスターよけのアイテムを使えば、一定のレベル以下のものを一時的に近寄らせないようにもできる。

氷で囲む本当の目的は、モンスターよけが効かないほどのレベルのモンスターが近づいた時に、囲みが壊れることを利用した、アラーム代わりだが。

一応、魔術による周囲への影響がないように、シンたちは生き物が少ない場所へ移動する。

「……ねぇ、シン。あそこ、海の上に何かいない？」

「海の上?」

移動中、ティエラが指さした方向へシンも視線を向ける。

距離があったので【遠視】のスキルでそれを確認した次の瞬間――シンは大きく舵を切った。

ドリフトするように、船が海面を滑る。

魔道具による補助を受けての急制動。普通の船にはありえない動きだが、普通ではないがゆえに、転覆することもない。

ただ、当然船内は激しく揺れた。

ティエラとレトネーカは突然のことに対応できずに床を転がり、カゲロウとユズハがそれを止める。シュニーとミルトは揺れにも動じず、周囲の落ちてはまずいものを支えた。

少しよろけながらも、ミルトはシンに状況を確認する。

「おっとと、シンさん、どうしたの?」

「船の右舷側、その先を見てみ」

「右側?　ええと、え!　なんであれがここにいるの!?」

視線の先にいる存在を知っているミルトは、驚きを隠さない。

「やっぱり、あれだよな?」

「逆に、違ったらなんなのって感じだよ」

シュニーも発言こそしないが、ミルト同様シンが示した先を見て表情を変えていた。

シンは自分の予想が当たっていることに、複雑な心境だった。

記憶の通りなら、危険はない。

ないが、今なの？　という思いがある。

「くぅ」

「うう、ありがとうございます」

ユズハの手助けを受けながら身を起こしたレトネーカに、シンが謝罪の声をかける。

「悪い、レトネーカ。ちょっと、今日中に戻るのは無理そうだ。ドルクさんに連絡は取れるか？」

「黒の派閥で使う、緊急連絡用のアイテムがあります。島へは問題なく届くかと」

シンの表情からトラブルを察して、レトネーカは腰に着けていたポーチから直径4セメルくらいの白い球体を取り出す。

使用すると鳥の形になって、登録された場所に飛んでいくという。手紙を持たせて飛ばすので、魔道具版伝書鳩といったところか。

「一方通行か。この後の状況によっては、送れないかもしれないな」

「何が起こっているのですか？」

「突発的に発生するダンジョンに巻き込まれるって感じだ。向こうに海の上に立っている兎《うさぎ》が見えるだろ。金色のやつ」

「兎かはわかりませんが、光っているのはわかります」

スキルなしでは姿まで見るのは難しい距離だ。ただ、日の光を受けて輝いているので、存在は認識できる。

「あれは、神獣だ」

「神獣!?　また何か起こるのですか！」

「記憶の通りなら、島にはなんの影響もないから、安心してくれ」

慌てるレトネーカに、落ち着くように言う。

「あれは神獣の中でも特殊な個体でさ。自分で管理するダンジョンを持っているんだ」

「ダンジョンを、持っている？」

レトネーカは、ちょっと何を言っているかわからないという表情だ。

この世界では、基本的にダンジョンを所有することはできない。モンスターの支配する領域にダンジョンがあるパターンもあるが、あれは領域の主がダンジョンを発生させているわけではないのだ。

「あいつは、自分の好きな場所にダンジョンを出現させられるのさ。しかも、内部の設定も自由自在ときてる」

「ダンジョンは、操ることができないのでは？」

「普通はな。ただ、あいつは例外なんだ。神獣の中でもごく少数の、プライベートダンジョンを持っているやつだ。人に対しては好意的なはずだから、大丈夫だとは思う」

断定しないのは、シンが知っているのはあくまでゲームでの情報だから。今のところ、ゲーム時代と性格が大きく変わった神獣には出会ったことがないので、大丈夫だとは思っているが、警戒しない理由もない。

「接触するのですか？　まだ距離があるように思いますが」

「接触するにしても、レトネーカを帰してからにしたかったんだがな。あの光が見える範囲に入ったら、逃げられないんだ。どこで出会うかわからないやつなんだが、うーん」

これは一種の強制イベントなのだ。出現場所は固定されておらず、完全なランダム。なので、海にいること自体はおかしくない。

しかし、出会ったタイミングを考えると、偶然だと言うのは無理があるように思えて、シンは唸《うな》った。

「アルマイズやヌヴァのことがあったばっかりで、さらにこれっていうのは……もう、向こうから寄ってきてない？」

ジト目で見てくるミルトに、顔をしかめながらシンは返す。

「今回ばかりは否定できないんだよなぁ。エンカウントがランダムってことは、裏を返せばどこへでも行けるってことだし」

場所に縛られていないので、確定で会うことはできないかわりに、どこで出会ってもおかしくない。そんな存在だ。

フィールドでのランダムエンカウントも、モンスターによっては出ない場所があるのだが、今回遭遇しているのは海の底から空の上まで、場所の制限がほぼなかったりする。

「シン、そろそろ向こうは我慢できないようです」

「準備を整える猶予《ゆうよ》時間《じかん》は終わりか。とりあえず、レトネーカとティエラにはこれを渡しておく。役に立つかは運次第だが、持っていて損はないから」

神獣を警戒していたシュニーの言葉に応え、シンはアイテムボックスから取り出した手のひらサイズの箱を投げ渡す。アイテムカードを収納したケース。通称『デッキ』だ。

「これから、何が起こるの？」

不安そうなティエラに、神獣の方を見るように促す。

「それは説明するより体験した方が早い。ほら、向こうから来てくれた」

神獣から放たれていた光が、シンたちの方へ向かって伸びてきていた。敵意は感じないが、念のため障壁は張っておく。

「ちょ、ちょっと、シン！」

「落ち着けって」

迫りくる光の波に怯《おび》えたティエラがシンにすがりつく。

安心させるためにティエラを庇《かば》うように立ちながら、シンは光に呑まれた。

「……ここまでは予想通り」

暴力的な眩《まぶ》しさに目を瞑る。

――数秒後。

「え、どういうこと……」

「これ、なんですか」

光が収まったのを感じて目を開けたティエラとレトネーカが、周囲の光景に困惑していた。

それもそのはず、シンたちの目の前に広がっていた大海原は姿を消し、辺りには巨大なルーレットマシンやダイスゲーム、ポーカーテーブルなどが並んでいる。

シンには見慣れた光景だが、二人にとっては未知のもの。驚くのも当然だろう。

船ごと室内に転送されたら、普通は船体が自立できずに傾いているはずだが、その様子はない。

気になったシンは地面に目を向ける。

「へぇ、船に乗っていると、プールの上に移動するのか」

透明な水で満たされたプールに船が浮かび、乗り降りする部分にはすでにタラップが設置されていた。

「外に出よう」

落ち着いているシュニーとミルト、困惑するティエラとレトネーカ。皆の反応を見つつ、シンは移動を促す。

カゲロウとユズハは、それぞれティエラの影とシンの肩へ。こちらはなんだか場所が変わったたく

らいにしか思っていないようだ。

階段を下りると、空中に矢印が浮かび上がった。

「あったね。こういうの」

「となると、最初はやっぱりあれか」

ゲーム時に演出を体験しているミルトとシンには、このあとの展開がわかる。

やらないと先に進まないので、説明を求めるティエラたちには「見た方が早い」と言い聞かせて、歩を進めた。

矢印に従って歩くこと数分。シンたちの前に派手なステージが現れた。

これからショーでも始まりそうな雰囲気だ。中央だけ不自然に暗い。理由を知るシンは気配を探ってみるが、まだそこには何もいない。

「あ、ちょっと大きな音がするから、覚悟していてくれ」

シンに警告され、ティエラはどうすればいいのと慌てる。

「ええ!?　覚悟って言われても！」

そこに、まるで待っていましたと言わんばかりのドラムロールが鳴り響く。

大きな音に身構えるレトネーカを、シンが宥《なだ》める。

「武器は出さなくていいんですか？」

「ああ、ないとは思うが、もし攻撃してきたら俺が防ぐ」

どこからゲームと違うかわからない。敵意がなくとも、攻撃する手段はある。そのため、シンも防御の準備はしていた。

警戒するシンたちをよそに、ドラムロールがひときわ強くなり、止まった。

ステージの中央、明るさが反転するように、意図的に暗くされていた場所にスポットライトが当たる。

そこに立っていたのは、金色の輝きを放つバニーガール。

黄金の如き神秘的な輝きを宿す長髪と、同じ毛色の兎耳。誰もが見惚《みと》れるだろう美貌《びぼう》に、少し過剰とも言える凹凸《おうとつ》のある体を、これまた黄金色のバニー服が包む。

バニーガールが姿を現した瞬間、シンは肌の上をわずかにピリッとした感覚が通り抜けたのを感じた。

姿こそ美しいバニーガールだが、明らかに人ではないのが雰囲気でわかる。これまで複数の神獣と相対してきたからこそ、それがかすかに漏れた神獣の威圧感だと気づけた。

金色の瞳が、シンたちに向けられる。そして、小ぶりな唇が弧を描いた。

「レディースアーンド、ジェントルメーン‼　ようこそ私のダンジョンへーっ‼」

発せられたのは特大の歓迎の言葉。美声のはずなのだが、あまりの音量にシンは耳が痛くなった。

ティエラとレトネーカは反射的に耳をふさいでいる。

出現時の神秘的な美貌は、屈託《くったく》のない満面の笑みへと姿を変えていた。

それを見たシンは、これは変わってなさそうだと確信を深める。

「こんにちは。幸運な冒険者さんたち！　今日は楽しんでいってね！」

知っている者にとってはお決まりの文句を言ってから、バニーガールはステージを下りて、シンたちの方へ歩いてくる。

【分析《アナライズ》】が発動し、バニーガールの正体を暴こうとした。

（今回はちょっとまずいんだよな）

シンはダメ元で【分析《アナライズ》】の発動をキャンセルしようと魔力を操作する。今までは自動発動に任せていたので、できるかは賭《か》けだった。

スキルをキャンセルする感覚で魔力を走らせると、完全に発動する前に効果が消える。

ほっとしていると、バニーガールがシンの方を向いた。

「あら、お兄さん。紳士なのね」

メニュー画面が他人には見えないように、シンが何をしたのかも本人以外には見えない。しかし、近づいてきたバニーガールは、わかっているとばかりに反応してくる。

そのままシンのすぐ側までやってくると、少しだけ姿勢を前に傾けた。

こぼれ落ちそうな双丘が深い谷間を見せる。挑発的な笑みを浮かべ、覗き込むように視線を合わせてきた。わざとやっているのは明白だ。

シンは少しだけ瞳孔が細くなっている金色の瞳をまっすぐに見つめ返した。

互いに動きを止めていたのはほんの数秒。

バニーガールは笑みを深めると、シンたちから距離を取った。

「色々と話したいことができたけど、まずはここがどういう場所か説明するわね。といっても、お兄さんは初めてじゃないみたいだし、説明は不要かしら？」

「いや、初めてのメンバーもいるんだ。説明を頼みたい」

「オッケー。そちらのお嬢さんたち。説明は一度だけだから、よく聞いてね」

ゲーム時の履歴でも残っているのか。シンやシュニー、ミルトが経験済みなのがわかるようだ。

バニーガールは二人にウインクすると、お盆を支えるように空中に右手をかざす。直後、１メルほどの立体映像が表示された。

「まずは自己紹介。私の名前は、フルベガス。はじめましての人はわからないかもしれないけれど、これでも神獣よ。この姿はあくまで仮のもの。強さは本来の姿の時とほとんど変わらないから、この場で戦闘を始めるのはやめておいた方がいいと、先に忠告しておくわね」

笑顔とともにウィンクをしてくるフルベガスだが、抑え込まれていた威圧感が一瞬だけ解放され、周囲に放たれた。

フルベガスの体が何十倍にも膨れ上がったような錯覚《さっかく》が、シンたちを襲う。

ただの警告だと知らなければ、武器を抜いていたかもしれない。

ティエラとレトネーカにはきついだろうが、物理的なダメージはないので、シンは彼女たちの壁

になるように動くだけにした。

フルベガスが警告するのは、プレイヤーの中にダンジョンをクリアせずに彼女に攻撃をしたらどうなるのかと試した者がいたからだ。当然、そうした者は返り討ちにあっている。

シンが視線と表情で「わかっているから先に進んでくれ」と促すと、フルベガスも察して話し始めた。

「私のダンジョンは冒険者の実力と運を試す場所。ランダムに生成されたダンジョンの最終エリアまで到達できた冒険者には、貴重なアイテムを進呈《しんてい》するわ。ダンジョン内はモンスターやトラップもあるけど、心配無用。特殊なスキルで死ぬことはないから、多少の無茶もできちゃう！」

説明はシンの覚えている内容と同じだった。

とくに命の危険がないという部分に、シンは内心ほっとする。偶然一緒にいただけのレトネーカを、命がけのダンジョン攻略に付き合わせたくはなかった。

「でも、ただクリアするだけじゃ他のダンジョンと同じ。それじゃあつまらないわ。だから、こ、れ」

次いでフルベガスが左手をかざすと、高さ2メルほどのスロットマシンが出現した。見慣れたものと違って、絵柄が出る部分が一つしかない。

「運も実力の内。ダンジョンに入る前に一回、各階層に入る前とクリア後にそれぞれ一回。スロットを回してもらうわ。そこに出た効果を受けた状態で、次の階層に進む。これがこのダンジョンの

ルール。あと、最終エリアは最下層とは別扱いだから、そこでもスロットはあるわよ」

出たか、とシンはスロットに目をやりながら思う。

このダンジョン最大の目玉であり、最も厄介な部分。それがこのスロットだ。

ランダムでデバフを付与してくるので、その影響を受けたまま攻略を続けなければならない。通常の状態異常とは違うものが多く含まれているため、内容次第で攻略難度が乱高下する。一階層は楽勝だったのに、二階層は死と隣り合わせ、なんてこともある。

プレイヤーからは〝ギャンブルダンジョン〟などと呼ばれ、とにかく運の要素が強い。

また、装備やアイテムを事前に用意して普通の状態異常だけでも防ごうとしても、ダンジョンのルールが優先されるため無効化できない。状態異常を受けてから解除しようとしても同じだ。階層が増えるほどデバフが増えていく上に、道中も解除不可。モンスターと戦うことなく、途中で力尽きるなんてことも珍しくなかった。

「説明は以上よ。さあ、それでは最初のイベント。スロットに挑戦してもらいましょうか」

説明を終えると、フルベガスがスロットの前に行くように促してくる。

これを回すと、ダンジョン内のルールが適用され、プレイヤーのアバターが生成される。

本体は安全なところに残したまま、意識だけアバターに移るという仕様だ。

ゲームの中でゲームをするようなもので、フルベガスのダンジョンはつまるところ、シミュレーションの一種なのである。

そのおかげで、ダンジョン内で死んでも大丈夫だ。ちなみに、ゲーム時もデスペナルティはなかった。

気楽に挑めると言えばそうなのだが、そもそも遭遇できる確率がかなり低いので、ここでも運が試される。

「さて、何が出るか」

つぶやきながら、シンはレバーを回す。

ぐるぐると回転していたスロットが、数秒経って止まった。

表示された図柄は、人影が縮んで半分になる過程が描かれたもの。

「うわぁ……」

厄介なのに当たったと、シンはため息を漏らした。それを合図にしたように、絵柄の効果がシンに適用される。

みるみるうちにシンの体が縮み、小学生くらいの見た目になった。

体が小さくなったことで服がブカブカになるが、すぐにサイズ自動調節の機能が働き、体にフィットする大きさに変化する。

シンが引いた絵柄の効果は、アバターを子供の姿にするというもの。ステータスは変わらないのだが、リーチや体を動かす感覚が大きく変わるので、戦いにくくなるという、地味に嫌な効果を持っている。

「あなたはスロット以外に、ステータスの制限もかかっているから。嫌とは言わせないわよ？」

フルベガスが追加した条件に、シンはうなずく。

「まあ、そのくらいはあるだろうな」

アバターを作る際にステータスも確認して、過剰な能力の場合は制限するのだろう。

そうでないと、ダンジョンの難易度が大きく変わってしまうからだ。

フルベガスのダンジョンは、運試しの要素を強く押している。だから、いくらデバフを盛っても、それ以外の要素でゴリ押しされては、コンセプトが台無しである。

もちろん、制限なしの状態のシンであっても、プレイヤーに最悪と言われるデバフを引き続ければ、クリアはできない。とはいえ、前提が違いすぎるのも不平等というものだろう。

これが命がけのダンジョンなら文句の一つも言いたくなるが、身の危険が一切ないここでなら、シンとしても納得できる。

「本当はあなたも対象なのだけれど、彼ほど逸脱《いつだつ》していないから、今回は見逃してあげる」

「あまり嬉《うれ》しくないですね」

フルベガスに告げられたシュニーは表情こそ変えなかったが、その言葉の節々から不満が漏れていた。

シンの称号の影響で、シュニーも今やステータス限界を突破している。ただ、シンのように倍以上になっているなんてことはない。多少超過しているくらいの判定のようで、これならば制限はな

くてもいいだろうと判断されたようだ。

「シンが、ちっちゃくなっちゃった……」

「これ、大丈夫なんですか……？」

姿が変わったシンを見て、驚きと困惑がない交ぜになっているティエラとレトネーカに、ミルトが説明する。

「わかりにくいけど、もう本体とは別の体だから大丈夫だよ。効果があるのはダンジョン内だけで、外に出るか、中で死ぬか、あとは最終エリアをクリアすれば元に戻るんだ」

本体とは別の体を使うという要素は、言葉だけではどうしても実感がわかない。

ゲームに慣れ親しんだシンやミルト、すでに経験済みのシュニーはともかく、ティエラとレトネーカは、わかっていても心配になってしまうのだろう。

「さて、次はどうなるか」

シンはもう一度レバーを引く。次は一階層目に入る際に引く分だ。出てきたのはナイフとフォークが描かれた図柄。内容は料理スキル封印だ。

「セーフ！」

初手ででかいデバフをくらうとつらいので、なくても問題ないスキルの封印が当たって、シンは軽くガッツポーズをした。

「さあ、どんどん回してね」

「では、次は私が引きます」

フルベガスに促され、シュニーが続く。

シンがわかりやすい実例となったことで、その後は皆粛々《しゅくしゅく》とスロットを回した。対象はパーティすべてのメンバーなので、ユズハとカゲロウも含まれる。

どちらも神獣で、とくにユズハは完全体ではないとはいってもゲーム最強格のモンスターだ。さすがにそのステータスで暴れるのは反則と判断され、あくまで一般の従魔の範囲内にステータスが制限された。

ルーレットを引き終わると、それぞれ受けたデバフを確認する。

シンのように見た目が変わるものはわかりやすいが、それ以外はスロットのマークが同じでもデバフ内容が違うので、本人が言ってくれないと、どんなデバフなのかわからない。

初期デバフ一覧は次の通り。

シンは体格変化＋料理スキル封印。

シュニーは鍛冶スキル封印＋調教スキル封印。

ミルトは種族固有能力封印＋ＤＥＸ50％減。

ティエラは鈍器系武器装備不可＋刀術系スキル封印。

レトネーカは料理スキル封印＋光術系魔術スキル封印。

ユズハは闇術系魔術スキル封印＋固有スキル一部封印。

カゲロウはアクセサリー変更不可＋ジョブ封印。

「シュニーは実質デバフなしだな。能力値が変わらないって意味じゃ、俺もだけど。あとは、ティエラとレトネーカか？」

「そうね。私は弓と短剣がメインウエポンだし、刀術スキルなんて使えないし」

「私もですね。料理スキルも光の魔術も使えませんから、何も変わらないです」

楽観的な様子の二人とは違って、ミルトは少々浮かない顔だ。

「僕、地味にきついの受けてるんだけど」

「一つとはいえ、ステータス半減だからな。俺も感覚が変わっているし、最初の戦闘は少し慎重にした方が良さそうだ」

スロットで出るデバフは、本人が習得していないスキルや称号なども対象になる。

レトネーカはまさにそれで、両方とも未取得のスキルのデバフを引くのはかなり運が良い。

ゲーム時代は本人が取得したスキルの的中率が高いと噂になり、検証勢がデータ集めをして七割くらいの確率で取得スキルが当たると言われていた。スロット対策に、あえて使わないスキルを取得する者までいたくらいだ。

今回は大きなデメリットはなかったが、酷いものだと「レベル十分の一」や「装備不可」なんてものもある。ちなみに〝装備不可〟は元々装備していたものも強制的に解除される。

そういう意味では、攻略に大きな支障をきたすほどのデバフを受けていないので、全員当たりを

引いたとも言えた。

「さて、皆引き終わったわね？　では最後に、このダンジョンのメインイベントを始めるわよ！」

「来るぞ！」

「来るね！」

大きく手を上げたフルベガスが発した掛け声に、シンとミルトのテンションが上がる。

シンたちに向けて勢いよく手を下ろすと、パチンと小気味よい音が鳴った。するとメンバー全員の衣服が七色に光り出す。

そしてパンと光が弾けた直後――

「え、ちょっと何よこれぇ!?」

「あわわわ」

自身の体に目をやったティエラとレトネーカが、慌てて腕で体を覆うようにして、できる限り隠そうとする。

それもそのはず。全員の服装が男ならディーラー、女ならバニーガールのものへと変化していたのだ。

髪の色に合わせたうさ耳と尻尾。シンプルな黒のバニー衣装に網タイツ。設定上はデザインが何種類かあるのだが、今回は全員同じデザインのようだ。ただ、スタイルの違いが如実《にょじつ》に現れているが。

「やっぱりバニーガールは最高ね！」

満面の笑みでサムズ・アップするフルベガスに、お子様ディーラー姿のシンと、自らもバニーガールへとジョブチェンジしたミルトが腕組みをしながらうんうんとうなずく。

「そこは同意しかない」

「右に同じ」

それを聞き、シュニーが「二人とも、はしゃぎすぎですよ」と、二人を窘《たしな》める。

「仕方ないのだ。人は、バニーガールが大好きゆえに」

「然《しか》り然り」

口調まで変わっているシンとミルトに、シュニーは呆れたように笑う。命がかかっていないので、ふざけたノリも許されていた。

一方ティエラは、服装が強制的に変えられるという仕様に本気で困惑している様子だ。

「シン、これ、装備が変えられないんだけど」

「フルベガスのダンジョンでの衣装は、ディーラーとバニーガールの二択だけだ。装備を変えても全部見た目は同じになるぞ」

「意味が、わからない」

ダンジョンはこの世界の住人にとって、命がけの戦いをする場所なので、ふざけているとしか思えないフルベガスのダンジョンに、常識が悲鳴を上げているようだ。

「そこのお嬢さん。バニーガールに何か不満でも？」

笑顔で問うフルベガスに、相手が神獣だということも忘れてティエラが言い返す。

「これからダンジョンに潜るのに、これはちょっと」

「気負いすぎよ。ここは命の消えないダンジョン。少しくらい遊びがあっても大丈夫。それに、装備の効果はしっかり発揮されているでしょう？　戦闘には影響しないから、安心してちょうだいな」

「こんな格好で戦えませんよぉ。シンみたいな服があるなら、そっちがいいです」

初めて着る衣装が羞恥心《しゅうちしん》を刺激するようで、ティエラはしゃがみ込んで少しでも周囲から身を隠そうとしていた。

レトネーカも声には出さないが、自分と周囲を何度も見回している。頭の上にクエスチョンマークが見えそうだ。

「レトネーカちゃんだってそう思うわよね？」

ティエラから向けられる視線に顔を逸らしながら、レトネーカは小声で答える。

「いえ、私は見られて困るほどのものはないので」

レトネーカは直前までシュニー、ミルト、ティエラの姿をそれぞれ見てから、自分の体に視線を送っていた。その言葉の意味するところを察し、シンは何も言えなかった。

「ティエラ、いい加減立ちなさい。ここには私たちだけしかいませんし、他の誰かに見られるわけ

でもないのですよ」

「そうそう。それに、服装の変更はできないんだ。男はシンさんだけなんだからさ。覚悟決めちゃいなよ」

「うう……」

シュニーとミルトに促され、ティエラが渋々といった様子で立ち上がる。

せめてもの抵抗か、腕で胸元を隠しているが、バニーガール姿でのそれは、見えない部分が増えることで、かえって煽情的《せんじょうてき》になっていた。

「堂々と着こなすのもいいけど、初々《ういうい》しいのもいいわね」

「だな」

「だね」

フルベガスとまるで友人のように話すシンとミルトに、ティエラが非難の目を向ける。

「ミルトさんも服装変わってるんですよ。恥ずかしくないんですか？」

「これはこういう衣装だからね。それに、人気《にんき》があったのもホントだし。ねぇ、シンさん？」

バニーガール姿になっても気にしていないどころか、あえて胸を張ってみせるミルト。スタイルを考えると一番きわどい見た目の彼女だが、本人は完全に楽しんでいた。

そんなミルトに話を振られれば、シンも当時を思い出して懐かしい気持ちになる。

「ああ、ちょっと色々あって人が減っていた時に実装されてな。発表された時は結構話題になった。

このためだけに復帰した奴までいたくらいだ」

自分で着るという部分には賛否あれども、フルベガスをはじめとしたイベントのキャラクターたちはおおむね好印象で、プレイ人口が右肩上がりになった。

「じっ、そう？　復帰？　ちょっと何言ってるかわからないんだけど」

事情がわからないティエラは首を傾げている。レトネーカも同様で、ゲーム時代を知っているかいないかで、反応が分かれた。

ゲーム時のイベント名は『黄金《おうごん》の博兎《ばくと》』。

ゲームリリースからある程度時間が経って、プレイ人口が伸び悩んでいた時期に実装された、一種のテコ入れ目的のイベントだ。フルベガスや専用ダンジョン、新衣装やミニゲームの実装など、カジノをイメージした内容になっている。

イベント期間終了後は、肝心のフルベガスに会えるのはまさに運次第となってしまったのが不満点ではあったが、それ以外はほぼ好印象しかない。

「まあ、深く考えずに、祭りみたいなものと思っていればいい。攻略に失敗しても、失うものはないからな」

消費したアイテムや装備も、ダンジョンから出れば元通りになっている。おかげで、むしろ通常のダンジョンアタックよりも攻めた動きができるのだ。

「うう、わかったわよ」

ティエラも覚悟を決めて腕を下げ、黒髪美少女エルフのバニーガール姿が露《あら》わになる。

「準備はいいかしら？」

出発を促すフルベガスに、シンが待ったをかける。

「すまん、最後にもう一つ。ここから外に連絡は取れるか？　今日戻る予定だったから、仲間に心配をかけたくないんだ」

「それなら大丈夫。いつでも連絡は可能よ」

「だそうだ、レトネーカ。今のうちに連絡をしておこう」

「わかりました」

シンは【心話】で、島に残ったメンバーに状況を伝える。レトネーカも連絡用アイテムを起動し、状況をまとめた手紙を持たせて飛ばした。

「あれは私が外に送っておくわね。もう他にはない？　ＯＫ。では、一階層にごあんなーい！」

フルベガスがパチンと指を鳴らすと、何もなかった空間に、豪華な装飾が施された扉が現れた。

ゆっくりと開いたその先は薄い黄色一色で、向こう側の景色は見えない。

「まずは俺が行く。少し間を空けて続いてくれ」

シュニーたちがうなずいたのを確認して、シンは扉をくぐった。

Chapter 3　ギャンブルダンジョン

THE NEW GATE

扉の先はダンジョンの第一層。

ランダム生成であっても、ここはほぼ〝アクションステージ〟一択だ。下層へ繋がる階段へのルートやトラップ、モンスターの種類は違えども、カジノの施設を大型にした障害物コースであることは共通している。

扉をくぐったシンがいるのは、そのスタート地点。10メル四方の控室の壁の一箇所をぶち抜いたような造りの部屋だ。

「視線の位置が違うのはあまり気にならないな。問題は歩幅と腕の長さか」

体が縮んだことによる視界の変化。シンはゲーム時代に受けたことがなかったので、感想を聞くくらいしかなかったが、これはさほど気にならない。しゃがんだまま歩いているようなものだ。

問題は歩幅の変化。シュニーたちが来る前に軽く走ってみると、ステータスは変わらないはずなのに、思ったより進めていなかった。歩幅の変化が思ったよりも移動距離に影響するようだ。

次いでシンは、腰に提《さ》げていた刀を抜こうとして、少してこずる。

腕が短くなったことで、いつもの感覚で抜こうとすると中途半端《ちゅうとはんぱ》になってしまうのだ。

「刀が長く感じるな。思った以上にやりにくい。慣れるまで派手な動きはやめておくか」

今のところ武器の制限はないので、武器を替えるのは自由だ。

シンは腰の左側に黒鞘《くろざや》の刀『虚喰《うつろばみ》』を、右側に短刀『疾風凪《はやてなぎ》』を装備した。

『虚喰』はダメージを与えた相手の行動速度を下げる効果がある。劇的に遅くなるわけではないが、歩く、走るといった単純な行動から、魔術やスキルにまで効果があるので、慣れない状態での戦闘を補助してくれる。他の付与スキルも防御寄りで、今回のメインウエポンはこちらだ。

『疾風凪』は風属性の付与された短刀で、風の刃で間合いを伸ばしたり、投擲《とうてき》する時に風の補助で速度や命中率を上げたりといった能力がある。こちらは取り回しの良さを重視した。間合いを読み違えた時の対応にも使用する予定だ。

動いたことで手足の感覚はある程度掴めてきたシンだったが、武器の間合いはまだだ。使い慣れているはずの刀が、長く伸びたように感じる。

確認を終えたシンが問題ないと連絡すると、シュニーたちも扉をくぐってやってきた。初めて挑戦するティエラとレトネーカは、きょろきょろと周囲を見回している。

「体の調子はどうですか？」

「っ!?　い、いや、大丈夫だ。調子は悪くない。ただ、慣れるにはもう少し時間が必要かな」

シンが縮んで身長差ができたので、シュニーは目線を合わせようと前かがみになって話しかけてくる。しかしバニーガール姿でそれをやれば、シンの目の前に〝存在を主張するもの〟が下りてくることになる。その深い谷間に視線が吸い込まれるのに抗えない。自分か小さくなっているからか、シュニーが一回り以上大きくなったように見える。当然、目の前にやってくるそれもだ。

シュニーたちの服装が変化した直後はよく似合っているというのが主な感想だったが、今はそれ以外にもいろいろと出てくる。バニーガール姿の破壊力は尋常ではなかった。

「おやおやぁ、これは反応が面白いぞ」

シンがシュニーへ向ける視線に気づいたミルトが、わざとらしくしなを作って挑発する。

「く、死なないからって、ふざけてるな」

さすがにふざけていてやられたのでは困る。気を取り直したシンは、ニコニコしながらくっついてくるミルトを引きはがし、額にチョップを一発。

「ほら、そろそろ本格的に攻略するんだ。まじめにやれ」

「あう」

「俺たちの装備は元のままでいいとして、レトネーカは得意な武器はあるか？」

「ハンマーが一番使い慣れてます。お役に立てるかは自信がないですが」

「孤立するようなトラップもあるんだ。デバフがどうなるかわからなかったから、装備は渡さなかったんだけど、今ならもういいだろう」

レトネーカの答えを聞いたシンは、アイテムボックスの中から、彼女が装備できそうなものを見《み》繕《つくろ》う。過剰な性能のものは能力制限が発生してしまうようなので、装備を切り替えながら、ペナルティが発生しないギリギリのラインを探った。

ダンジョンの作用のおかげで、いちいち着替えなくても、バニー衣装の上から装備を触れさせる

だけで装備扱いにできるので、あれはだめ、これはよしと、確認はスムーズだ。

最終的に、伝説級《レジェンド》で一通り揃えることになった。すべての装備をバージョンアップさせていたわけではないので、確認が済んだ後に強化も施す。

「体が、軽い」

「レトネーカの装備はステータスアップと防御スキルに重点を置いている。体が軽く感じるのは、ステータスが上昇しているからだな。いつもと感覚が変わっているから、少し動いて慣れておいてくれ」

「わかりました」

「僕が見ようか？」

「そうだな。ミルト、頼む」

レトネーカが加減を間違えた時の対処は、ミルトが買って出た。

注意しておいて自分がやらかすわけにはいかないと、二人が動きを確認している間、シンも改めて変化した体の感覚を確かめることにする。

『虚喰』を鞘ごと外して構えると、シュニーが前に立った。

「相手は私がしましょう」

「助かる。武器は槍を使ってもらえるか？　距離ができた時の感覚を確かめておきたい」

シュニーはうなずくと、３メルほどの柄に薄紫色の刃が二つ垂直に取り付けられた槍『如意連《にょいれん》

牙《が》』を具現化した。演習なので、先端に特殊な布を被せて殺傷力を落とす。

シンとシュニーは少し離れて武器を構えると、示し合わせたように動いた。

（思っていた以上に、シュニーまでの距離が遠く感じる）

シンが突き出された槍を『虚喰』で弾いて距離を詰めようとすると、武器を引き戻したシュニーが再度突きを繰り出してこれを防ぐ。

『如意連牙』は、武器自体に柄を伸縮させる機能がついている。それとシュニーの動きが相まって、安易に間合いを詰めさせてくれない。間合いの感覚が変わったのもあって、シンはいつも以上に踏み込むタイミングが掴めなかった。

シンは一旦足を止め、槍衾のような連撃を『虚喰』で弾いていく。

視覚で捉えた『如意連牙』の先端が、どのくらいで自分に届くのか。自らが振るう『虚喰』が思った通りの場所に当たっているのか。確かめながら打ち合う。

「おっと！」

不意に、シュニーの突きが薙《な》ぎ払《はら》いに変化した。ある程度、シンが武器を持った状態の間合いに慣れてきたタイミングで、弾かれて逸れたところから、引き戻さずに払ったのだ。

長物の端を持った状態で強引にそんなことをしても、普通なら大した威力も速度も出ない。しかし、シュニーのステータスでそれをやれば、奇襲としても攻撃としても十分すぎるものとなる。

元の体格なら跳ぶか受けるかするところだが、今のシンの体格なら、柄の下をくぐれる。

もっとも、シュニーの腕力をもってすれば再度軌道修正は可能だ。それはシンもわかっていたので、伏せつつ横に跳んで、落ちてくる『如意連牙』をかわした。さらに戻される前に柄を掴んで、引き合いに持ち込む。

シュニーの決断は早かった。彼女は『如意連牙』の先端を高く持ち上げる。

そのまま掴んでいれば空中に投げ出されてしまうので、シンは柄を放してこれを避ける。同時に踏み込み、間合いを詰めた。

『如意連牙』の能力を加味しても、引くのは間に合わない。

だが、そこで終わるほどシュニーは甘くない。持ち上げた『如意連牙』の石突《いしづき》がシンに向かって伸びてきた。

穂先を上げる動作は、そのまま柄を使った攻撃に変化し得る。槍や棍棒などの長柄の武器を相手にする時に、想定しなければならない攻撃だ。

下からの柄による殴打を受け止めると、今度は上から刃が降ってくる。伸縮自在の『如意連牙』だからできる攻撃だ。今の『如意連牙』は元の三分の一ほどの長さしかない。間合いは、『虚喰』を振るうシンとほぼ同じ。

鞘と柄が互いを押しのけようと火花を散らす。

至近距離で見つめ合った二人は、同じタイミングで武器を放棄。徒手空拳《としゅくうけん》での戦いに移った。

「武器を持つと間合いが広くなったみたいに感じたが、素手だと狭くなったように感じるな」

「実際、届く距離は短くなっていますからね。その分、手数が多くなったと感じます」

互いに手首を掴もうとしながら会話する。高速で動く手と手がぶつかり、パンという音が連続して響く。

本来のステータスならば、シュニーはシンにここまで抵抗することはできない。フルベガスによってステータスが制限されているというのもあるが、一番の理由は、シュニーの手を掴んで拘束するタイミングをシンが逃しているからだ。

いつもなら届いているはずの距離に届かず、何度も手が空を切る。その隙をシュニーにつかれ、攻撃の手が緩む。

（こりゃ、思っていた以上にやりにくいぞ）

シュニーたちが来る前に軽く動いてわかったつもりになっていた。しかし、それは大きな間違いだったと、シンは打ち合いをしながら思う。

拳二つか三つ。元の感覚との乖離《かいり》が、近距離の戦闘ではとくに影響するのだと実感していた。

（あとは、高さか）

元の姿ならシュニーよりも頭一つは高かった身長が、今では逆転している。それもやりにくさに繋がっていた。

シンは男性の中でも身長は高い方だ。加えて、武器を持って戦うスタイルなので、自分より体格の大きい相手と近距離で格闘戦をするというシチュエーションがそもそも少ない。

逆に、シュニーは間合いの狭い武器を得意としているため、インファイトにおける経験値という点ではシンよりも上だった。

「くっ！」

再びシンの手が空を切る。それを狙っていたとばかりに、シュニーがシンの手首を握った。

まずい――シンがそう思ったのと、視界が反転するのは同時だった。地面に叩きつけられた瞬間に関節を極《き》められ、体重をかけられながらもう片方の手も捉えられる。

「ここまで、ですね」

「ああ。こりゃ、思っていた以上に厄介だ」

ステータスが減るわけでも、スキルや称号、装備が制限されるわけでもない。しかし、こうして体験してみると、体形変化は想定以上のデバフだと実感する。

長年染み付いた感覚も、そう簡単に今の体格に順応してはくれないようだ。

「あー、ところでシュニーさん？　なぜ上に乗ったままなのでしょうか」

シュニーはシンを拘束しつつ、体を密着させていた。動きを押さえるために多少は必要があるとはいえ、これは過剰と言えるほどの密着具合である。

ディーラー服の上からでも、柔らかい感触がはっきりと感じられるほどだ。

「私以外にずいぶん目がいっていたようですので、しっかり印象付けておこうかと思いまして」

「そ、それは……」

ミルトと一緒にふざけていたのを怒られるかと思いきや、視線の先がどこに向かっているのか見られていたとわかって、シンは冷や汗をかく。

パーティメンバーは美人ばかりなので、そんなメンツがバニーガールの姿になったら、目を向けないという選択肢はない。

シンは半分ヤケクソで理由を語る。

「見ていたのは弁解のしようもない。でもな、そこはミルトと同じで、バニーガールは素晴らしいという理由であって、いやらしい目で見ていたわけではないんだ」

「……そんなにバニーガールが好きなのですか？」

押さえつけられているのでシンには表情は見えないが、声だけでシュニーが呆れているのはわかる。

「ストーリーには一切出てきていないのに、グッズでバニー衣装が出るくらいには、人気があるコンテンツなんだよ、まじで」

事実なのだから仕方がない。ここだけは混じり気のない本心だった。

「怒ればいいのか、呆れればいいのか。困りますね。しかし、その割には私やフィルマに着せることはほとんどなかったですね」

「いやあ、なんか身内に自分から着させるのは、ちょっと罪悪感があったというか……」

水着のデザインもそうだが、あまり過激なものを着せるのはためらわれたのだ。なぜと問われる

と、シンも明確な理由を説明するのは難しかった。

「そういえば、昔は変なところで遠慮していましたね」

そう言うと、シュニーは拘束を解いて立ち上がった。

差し出された手を取って、シンは体を起こす。その際、シュニーの引く力が強く、抱きつくような形になってしまった。

まさかここまで強く引かれるとは思わず、距離の近さもあってかわすにかわせなかったのだ。

今のシンの身長だと頭の位置がちょうどシュニーの胸の位置と同じなので、抱きつきながら胸に顔をうずめるという、平時では考えられない状態になっている。

(な⁉　加減を間違えているだろ⁉)

これはまずいとすぐに離れて弁解しようとするシン。しかし、シュニーは離れようとする彼の肩を押さえ、耳元でささやく。

「もう、我慢しなくてもいいんですよ」

「シュ、シュニー……?」

シンはシュニーから離れながら、ささやかれた方の耳を押さえる。

いつもとは違う、甘い声音。背筋《せすじ》がしびれるような錯覚すら覚える。

「この衣装を着ると、少し大胆になるみたいです」

シュニーが浮かべる微笑も、どこか様子が違う気がした。

「……いいんだな？　本当に遠慮しないぞ」

「ええ、それが私の望みですから」

ゴクリとシンの喉《のど》が鳴る。つい色々と候補を思い浮かべてしまうシンだった。

「私は何を見せられているのかしら」

「くぅ、いちゃいちゃ」

そんな二人を、ティエラとユズハがそれぞれ呆れと歓心の表情で見ており、カゲロウは欠伸《あくび》をしていたのだった。


レトネーカが強化状態に慣れてきたのを確かめて、シンたちはダンジョンを進むことにした。

スタート地点を出ると、視界内に到達するべき場所が表示される。

第一階層は予想通りのアクションステージ。決まったルートはなく、とにかく第二階層へ下りる階段へたどり着けばクリアだ。

「体が小さくなったからか、前より迫力があるな」

視界に映るステージギミックを見て、シンは感想を口にする。

大人視点と子供視点の違いとでも言うべきか。もともとステージ各所に配置されている巨大化したオブジェクトが、より大きく感じられた。

「とくに制限時間があるということではないから、確実に進んでいこう」

シンもすべてのギミックを知っているわけではない。不意打ちで即死系のトラップを踏む可能性もゼロではないのだ。

フルベガスのダンジョンのギミックの中には、各種耐性や効果無効といったスキルを無視してくるものが多々ある。デスペナルティがなく、アトラクションのような扱いだからこそ許されているが、本気でクリアを目指すプレイヤーからは苦情が出たと、シンは記憶していた。

「最初は変わらないのか？」

一行はスタート地点からまっすぐ伸びる、カーペットの敷かれた道を進む。

シンの記憶でも、この真っ赤なカーペットは印象に残っていた。

「そういえば、僕も見た覚えがあるね。共通ルートなのかな」

「そうかもしれないな」

ミルトも覚えがあったようで、周囲を警戒しながらも懐かしむ様子を見せている。道は50メルほどで終わった。

「さて、どのルートで行くか」

カーペットの敷かれた道は、シンが立っている目の前の位置できれいに切り取られたように途切れている。そこから下は、底の見えない暗闇が広がっていた。

ここから先は足場を選ばないといけない。

突破しやすいルートはどれか考えていたシンに、途切れた道の下を見たティエラが問いかけて

くる。

「ねぇ、シン。この下って、どうなってるの？　落ちたら大変なんじゃ……」

「落ちたらそこで失格だな。確か、１００メルくらいまでは猶予があったはずだ」

「猶予があっても、落ちたらそこで終わりじゃない？」

「そこはほら、仲間同士でロープを結んでおくとか、空中で飛び跳ねるスキルを使うとか、対処する方法がないわけじゃないからな」

　シンが選んでいるルートは三つ。

　空中に浮かんだ巨大なカード、コインなどを足場にして進むルートと、これまた巨大化したルーレットやポーカーテーブルなどのオブジェクトがくっついているルート、そしてそれらの複合タイプ。

　一番落下しやすそうなルートが一番早くゴールに到達できるというわけでもないのが、このダンジョンの厄介なところだ。難度の高いルートが一番遠回りだった、なんてことが起こり得る。

「落ちても、死なないのよね？」

「ああ。落下の限界ラインを超えると、失格者を集めた場所に転移させられる。正確に言うなら、今使っている分身が消えて、本体に意識が戻るわけだ」

　頭ではわかっていても、もし落ちたらという恐怖があるのだろう。ティエラの表情は硬いままだ。

「初めての子もいるし、あっちのルートでいいんじゃないかな。ぱっと見で危険そうなルートが正

解ってわけじゃないのはわかっているんだし」

「それもそうか。悩んでも正解はわからないからな。運が良いことを祈るか」

ミルトが指さした地続きのルートを見て、シンは考えるだけ無駄かと意識を切り替える。

「一応確認だ。このルートの方がよさそうとか、意見はあるか？　たまに直感でわかることがあるって話も聞いたことがあるんだ」

ルートの先は【遠視】や【透視】などの視覚に作用するスキルを使っても見通せない。

だが、たまに一番簡単なルートが直感的にわかる場合があるらしい。

都市伝説のようなものだというプレイヤーも多く、シンも遭遇したことはない。ただ、ゲームにはない感覚がこの世界にあるのは間違いない。

ティエラやユズハといったメンバーはまさにそれだ。なので、念のため確認しておいた。

「変なところは、わからないわね。全部変に見えるもの」

「くぅ……」

ティエラとユズハにはわからないようだ。他のメンバーも首を横に振っている。

警戒しつつ、シンは真ん中の一番足場がしっかりしていそうなルーレットの縁《ふち》に足をかける。回転する部分だけが宙に浮いていて、赤と黒の数字の書かれた溝の一部がひび割れていた。

全員がルーレットの盤の中に入ると、ピシッと硬いものにヒビが入る音が響く。

「なんの音？」

ティエラが音のした方、左右のルートを交互に見ながら言う。カゲロウは耳を立てて警戒し、レトネーカも不安そうにしている。

他のメンバーはさほど危機感を持っていない。理由はこのあとどうなるのか、知っているかどうかの違いだ。

レトネーカには2メルほどの姿になったユズハが近づいて、大丈夫だとなだめている。

少しして、それぞれのルートを構成しているパーツにヒビが広がり、端からガラガラと音を立てながら崩れていった。

「ちょちょちょっと!?　足場が落ちちゃったわよ！」

ティエラは悲鳴を上げながらシンに飛びついてくる。体格差もあって、彼女が自分からシンを胸元に抱き込んでいるような形だ。ただ、本人はそのことに全く気づいていない。崩れるパーツを見る表情には、不安と恐怖だけがあった。

「むぐぐ……だ、大丈夫だ。これは少し進んでヤバそうなら引き返すってことができないようにするための措置で、選んだ以上はそこを進めって意図なんだ」

シンは柔らかい感触を意識しないようにしながら応えた。

視界は肌色とバニー衣装の黒の二色に染まったままなので、粉々になった残骸《ざんがい》が暗闇の中に落ちていくのを音の反響から理解する。

「そう、なの？　ここも崩れたりしない？」

密着しているので、ティエラが少し震えているのがシンにもわかった。

モンスターが襲ってくるだけなら彼女がここまで怯えることはないだろうが、目の前で足場が崩れていくのは恐怖の種類が違う。反応がオーバー気味になってしまうのも仕方がない。

（こればっかりは、いくら言葉で説明しても不安だよな）

このダンジョンでは、ティエラにとって今までの常識を覆すことばかり起こっている。シンやシュニーの言葉を信用していないわけではないだろう。しかし、たとえ頭でわかっていても、足場の下にある底の見えない暗闇から感じる恐怖を消すのは難しい。

シンはティエラを安心させるために、なるべく落ち着いた声音を意識して話す。

「ここは落ちない。それに、いざって時は俺がティエラを抱えて跳ぶさ」

足場が崩れる罠がないわけではない。

しかし、先ほどのようにルートを構成するパーツが総崩れということはない。あくまで一部が崩れるだけで、通常のダンジョンにある落とし穴とほとんど同じだ。

空中を跳びはねるスキルを使えば、足場が崩れても先に進むことは可能だ。

「そうよね。シン、跳べ――あ、ごめん！　ちょっと驚いちゃ――っ⁉」

落ち着いたところで、ティエラは自分が何をしているのか理解したようだ。話の途中でシンを抱きしめていた腕を解いて、大げさなくらい距離を取った。

ただ、足場がルーレット盤という慣れない凹凸のある場所だったことと、履いているのがハイヒールだったことで、バランスを崩す。

その様子を見ていたシンは、すぐに反応して動いた。ステータスを制限されているが、それは上限を超えた分であってカンストしているのは変わらない。

ティエラが倒れるより先に動いて受け止めるくらい、造作もなかった。

「慌てすぎだ。気にしてないから、落ち着け」

ティエラが抱きついてきたのには驚いたが、直前にシュニーに同じことをされていたので、シンに動揺はない。

「……うん、ありがと」

抱きとめていたティエラを立たせてから、シンはシュニーたちの方へ歩いていく。レトネーカはまだユズハにしがみついていた。

「少しは反応してくれてもいいじゃない」

拗《す》ねたようなティエラのつぶやきが、シンの耳に届く。

離れたばかりの距離で聞こえないはずがない。彼女がそれをわかっているのか否《いな》かは定かではないが、シンとしてはシュニーの手前、反応するわけにはいかないのだ。

「シュニーさんといい、ティエラちゃんといい……衣装とデバフが良い感じに噛み合ってるねぇ」

今まで様子を見ていたミルトが、ニヤニヤしながらシンに話しかけた。

「うるへー。狙ってるわけじゃないんだぞ」

「でも悪い気はしないでしょ。僕もやってあげようか?」

挑発するように、ミルトは前かがみになってみせる。体格の違いと視線の違い。それらが相まって、ミルトのバニー姿もなかなかの破壊力だ。

からかいやがってと腹を立てつつも、シンはミルトがいつもより距離が近いような気がして、一歩下がった。

「む、離れることないだろー。ちょっとした冗談じゃん」

「いや、なんか距離感がな」

「えー、いつもと変わらないよ。変わったとしたら、シンさんの体格くらいでしょ。そんなに違うの?」

今のシンはミルトとほとんど身長が変わらない。いつもはあまり気にならないミルトの行動と距離感も、視線のせいか、妙に近く感じるのだ。

「視線が同じくらいだからかな。すごく近い気がする」

「あー、視線の位置かぁ。確かにそうだね。顔の位置が近いもん。でも、僕はこのくらいの方がいいな」

離れた距離を詰めながら、ミルトは言う。

「身長を変えなかったのは、少し後悔しているんだ。シンさんとは、このくらいの距離で話がした

いよ」

　またからかいやがってと思ったシンだが、ミルトの表情はさっきまでのニヤニヤした笑いとは違っていた。少しだけ寂《さび》しそうな、そんな表情だ。

「そんなに、変わらないだろ」

「変わるよ。近くにいると自分だけ子供みたいじゃん」

　シンのサポートキャラクターは身長設定が全体的に高めだ。例外はセティくらいで、必然的にパーティメンバーの平均身長も高めになる。ミルトの言う子供のように見えるというのも、あながち間違いとは言いづらかった。

「そう見えるだけだろ。それに、一緒になって馬鹿なことができるのは、お前だけとも言えるんだぞ」

　元プレイヤー同士ゆえの馴れ馴れしさ。ある意味、心を許しているとも言える。

「それはそうだけど、それは僕の求めているものとはちょっと違うというか」

「今はそれで勘弁してくれ。ここで何もわからないなんて、鈍感野郎を気取るつもりはない。こっちに残るしか道がないって言うなら、いっそのこと開き直るって考えも……なくはないけど、俺たちはそうじゃないだろ」

　ミルトはシンとともに現実世界へ帰ることが決まっている。

　となれば、付き合い方も向こう側の考えでなければならない。

ミルトの気持ちに応えるのは、向こうでは難しい。すでにシュニーという相手がいる以上、同じ立場にはできないのだ。

「むぅ、仕方ない。今日のところは引き下がっておくよ」

「そこは諦めてくれるのが一番なんだが」

「それは無理。少なくとも、今は」

ミルトも解決策がないことくらいわかっているのだろう。それでも諦められないという思いが、言葉だけでなく全身から伝わってくる。

「……わかった。これ以上はここでする話でもないしな」

今はダンジョンをクリアする方が先だ。話をするにしても、もう少し落ち着ける場所の方がいい。話が聞こえているのだろう。ティエラの視線も痛かった。

「さて、気を取り直して、道を進もう」

このままだとまた別の話が始まりそうだと、シンは先を促すことにした。今の足場も、時間差で落下しないとも限らない。

「罠感知は最大限に。道の外側から何か飛んでくる可能性もあるから、周囲の警戒も忘れないでくれ」

シンの警告に、ティエラが反応する。

「飛んでくる?」

「さっき落ちていった残骸とか、他のカジノの道具とかが飛んでくることがあるんだ。ダンジョンで岩が落ちてくる罠があるだろ？　あれのアレンジバージョンって感じだ。とにかく進むのを邪魔してくるのさ」

「もしかして、足場が崩れる可能性ある？」

「ある」

　足場となっているルーレット盤に視線をやりながら問うてくるティエラに、シンははっきりと答えた。実際、それで落下して失格になったプレイヤーがいる。

「早く進みましょ。嫌な予感しかしないわ」

「そうだな。念のため、ペースは少し速めに行こう」

　ルーレット盤を越え、巨大スロットが連なるゾーンを抜ける。スロットは平面に近いので、進みやすい。しかし、その先に一つ目の関門があった。

「乗ったらそのまま突き破るか、落ちていきそうね」

「経験上、そういうのもあったな」

　カードやコインが空中に浮いて足場を形成しているゾーンだ。オブジェクトが繋がって地続きになっているルートを選んだが、すべてが繋がっているわけではないようだ。選ぶ時点では確認できなかったので、仕方ないと思うしかない。

　一定範囲に敷き詰めるように配置されているそれらは、足場として機能しないものが含まれてい

るのをシンは知っていた。

「どう進みますか？」

「俺とシュニーが先行する。レトネーカとティエラは俺たちのあとに続いてくれ。ユズハとカゲロウはそれぞれサポートを頼む」

「僕は？」

「ミルトは殿《しんがり》を頼む。今のところモンスターの気配はないが、出てくるパターンもあるからな」

「りょーかい」

巨大なモンスターが足場を破壊しながら追ってくる。そんなパターンもあるのだ。

シンはシュニーに目配《めくば》せして、罠感知のスキルに意識を集中した。

視界に映る足場の一部が、赤く光る。

罠がある足場だ。ただ、足場全体も仄《ほの》かに赤く光っている。おそらく、足場とは別の罠があるのだろう。

「感知できるものに差はないみたいだな」

「はい。同じルートで行きますか？」

シュニーの確認に、シンは首を横に振る。

「いや、多少距離を開けて別のルートで行こう。単純に避ければいいタイプの罠だけって感じじゃないしな。ギミックがあった場合、固まっていると解除に時間がかかることもある」

罠の中には、一箇所に固まっていると一網《いちもう》打尽《だじん》にされるものもある。とくに、今回のようにルート全体にうっすらと罠の反応がある時は要注意だ。ピンポイントで罠がある場所がわからないので、こういうパターンの時は、パーティを分けておくのが鉄則だった。

「行くぞ」

シンが選んだのは左寄りのルート。後ろにティエラとカゲロウが続く。

シュニーは右寄りのルート。こちらはレトネーカとユズハが後に続いた。

ミルトは少し間を開けて、シンたちのルートを追従する。

落ちるのがわかる場所を避け、なるべく足場の広い部分を選んで進む。

（余裕はあった方がいいよな）

足場の中には、地続きになっていない部分も多い。ティエラのステータスなら難なく飛び越えられるが、表情には緊張が見て取れる。

距離が開けば、恐怖に足が竦むこともあるだろう。思ったように跳べなくて飛距離が足りなくなるといった危険もある。

今のところ速度を重視する必要はないので、シンは安全を重視してルートを選んだ。

「シュニーたちの方も順調だな」

シュニーの方もレトネーカがいるので無理のないルートを選んでいた。

しかし、進むにつれてだんだんと足場の数が減り、逆に罠の数が増えていく。それに、罠のある

足場を避ければ、必然的に問題ない足場同士の距離も開いていく。

ダメ元で【遠視】のスキルを使用して前方を確認すると、多少は効果があったのか、足場を選ばなければならないゾーンの終着点が見えた。

「あと少しだ。落ち着いて、確実にいこう」

ティエラはゆっくりとうなずいて、次の足場に跳ぶ。

その瞬間、すべての足場で罠感知が反応した。同時に、足場にしていたコインやカードが一瞬だけ金色の光を放つ。

「えっ⁉」

罠感知がなくとも、足場がすべて光れば、何かが起こったのはわかる。

空中で動揺するティエラだが、彼女にはシンたちのように空中で軌道を変えるスキルなどない。

ティエラに何かあった時のためにシンが身構えると、体が大きく傾くのを感じた。

「こっちもか⁉」

足場に目をやると、シンが乗っている方へ傾いている。

シンはすぐに足場を蹴って跳ぶ。

シンが乗っていたのはコインタイプの足場。滞空している間に見た限り、落下しているわけではなさそうだった。

傾いていたコインは、シンが跳んだあとは水平状態に戻ろうとしている。どうやらコインの中心

だけが固定されていて、重心が傾くと足場も傾くようになっているらしい。

「落ちはしないが、足場ごとにギミックがあるパターンか。だから足場全体に反応があったんだな」

いざという時のために、シンはティエラの方へ跳ぶ。

ティエラが跳んだ先の足場は、スペードのクイーンが描かれたトランプのカード。彼女は動揺から着地時に少しバランスを崩したが、転げ落ちるなんてことはなく、すぐに持ち直した。

こっちは何もないのかと疑問に思いながら、シンも続いてその隣に着地する。

カードの材質に合わせたようで、足場は硬質なものから厚紙を重ねたもののように柔らかくなっていた。少し沈んだ足場にシンが嫌な予感を覚えたのと、ビリッという音がしたのはほぼ同時だった。

トランプが左右から裂け、乗っていた全員が落下する。コインとは違ってトランプ自体は残らないらしく、一緒に落下していた。

「嘘っ⁉」

突然のことにティエラは反応できなかった。

シンは影から飛び出ようとするカゲロウに待ったをかけ、空中移動用のスキル【飛影《とびかげ》】を発動。

ティエラを抱えて宙を跳び、コインの足場へ移動する。

中心部分が軸になっているのはついさっき体験したので、着地してからコインの傾きに合わせて

場所を変え、足場が動かない位置をキープした。

「な、何が起こったの？」

「多分、足場ごとに別々のギミックが発動している。コインはバランスをとらないといけないみたいだ。カードの方は、人数か重量で制限があったんじゃないか」

ティエラとカゲロウだけが乗っていた時は、カードが裂ける様子はなかった。シンが加わったことで、ギミックを発動する条件を満たしたのは間違いない。

「シンも知らないの？　ここに来たことはあるんでしょ」

「ギミックはランダムだから、俺も全部知っているわけじゃないんだ。このタイプは初めてだな」

期間限定のコンテンツな上に、ダンジョンに挑めるかどうかは運が関わっていたため、シンも知らないギミックは多い。

そんな中、ミルトから【心話】が入る。

『シンさん。ちょっと急いだ方がいいよ』

『どうした？』

『後ろの足場が落ち始めてる。これ多分、だんだん足場が落ちる速度が上がってくやつだ』

ミルトはギミックに覚えがあるようだった。コインの足場の上でバランスを取りながら、後ろを見ている。

『足場の変化はどんなものがあるかわかるか？』

『コインはもう体験したみたいだね。カードは装備込みの重量制限があるから、気をつけて。カードはできるなら数字の大きいやつを選んだ方がいいよ。絵柄で重さの最大値が変わるんだ。チップのやつは所持金が多いほど勢いよく足場が跳ね上がるから、シンさんは乗らない方がいいと思う。下もそうだけど、上も一定範囲を越えると、失格判定みたい』

ミルトからの情報をシュニーにも共有する。あちらも足場の変化に戸惑《とまど》っていた。

今はシンと同じくシュニーがレトネーカを抱えながら、コインの足場でバランスを取っている。ユズハは肩の上だ。

「こりゃ、ゆっくり行くより速攻で進んだ方がいいな。わからなかった罠の気配もはっきりしたし、このまま進むってことでいいか？」

「う、うん。よろしく」

うなずくティエラの顔が赤い。ティエラは今シンに抱えられていて、俗に言うお姫様抱っこ状態だ。バニー衣装もそうだが、この状態も恥ずかしいのだろう。

そんなティエラを見て、ミルトが羨ましそうにする。

「いいなー」

「お前は一人で余裕だろうが」

シンならば二人抱えて跳べなくもないが、他に罠が残っている可能性もあるので、無理はしない。失敗しても損はないが、暗闇に落ちるという体験がトラウマにならないとも限らないのだ。

さすがにゲーム時の感覚で大丈夫だと考えるのは酷というものだろう。今回はミルトには我慢してもらう。

シンはスキルを駆使して可能な限り足場を使わずに進む。一度の跳躍でかなりの距離が稼げるので、不安定な足場が浮かぶゾーンを越えるのに、さほど時間はかからなかった。

ティエラたちに自力で進んでもらっていたのは、フォローが効く範囲で色々と体験してもらいたかったからだ。必要となれば、こうしてさっさと進むのもありだった。

「色々と心臓に悪いダンジョンね」

「同感です」

ティエラとレトネーカは暗闇の広がるゾーンを抜け、下層へと降りる階段の前でほっと息を吐いている。足場がしっかりとしているというだけで、安心できるようだ。

「一階層はこんなもんだろ」

「そうだね。ウォーミングアップみたいなものだし」

シンとミルトはあっけらかんとしている。

そんな二人に、ティエラとレトネーカは理解できないものを見る目を向けていた。

とはいえ、一階層はゲーム時代、初見でなければクリアできて当たり前とすら言われていた。デバフも致命的なものではないので、余裕があるのは当たり前だった。

ティエラとレトネーカが落ち着くのを待ってから、シンたちは先に進む。ここは時間制限がない

ので、急《せ》かす必要もない。

「さて、デバフスロットか」

次の階層へ向かうシンたちの前に、黄金のスロットが姿を現す。

階層のクリア時と、次の階層へ入る時の二回分スロットを回さなければ、この先には進めない。

影響のないやつを頼むと思いながら、シンはスロットを回した。

止まった絵柄は、雷のマークにバツ印が描かれたものと、頭、腕、胴、足とそれぞれの部位で装備された兜《かぶと》や鎧が真っ二つに裂けている様子が描かれたものだった。

片方は雷術系魔術スキルの封印。そしてもう一方は、デバフの中でも最悪の類《たぐい》と名高いものの一つだった。

「まじかよ」

シンの全身から、布が破ける音や金属が砕ける音が響く。

デバフの内容は、装備品の全損。プレイヤーが装備しているものからアイテムボックスに入っているものまで、すべての装備品が破壊され、使用不能になる。

今のシンは外見の服装こそ変わっていないが、ステータス的には装備を一切つけていない状態だ。

シンの表情から深刻な様子を察したティエラが、声をかけてくる。

「何か良くないものを引いたの？」

「そんなところだ。デバフの内容は後で説明する。まずは全員スロットを回そう」

説明は後でいいだろうと、シンは全員が回し終わるのを待つ。結果は、思った以上に深刻なものになった。

「こんなことあるか？」

スロットを回した結果を見て、シンは不満を露わにした。

「さすがにこれは、偶然で済ませられないと思います」

「一人二人ならともかく、全員だからね。確率いじられてるでしょ」

シュニーとミルトも不満を隠す気はないようだ。

デバフの種類は十や二十ではきかない。その中の一つを五人と二匹が同じタイミングで引き当てるなど、どんな確率だという話である。

それも、全員が一回目に〝装備の全損〟を当てていた。これを偶然と言うのはあまりに無理筋《むりすじ》。限りなくゼロに近いが、ゼロではないから不可能ではないと言っているのと同じだ。

「フルベガスに事情を聞こうにも、こっちから連絡を取ることはできないのがな。ここまでやるなら、向こうから来そうではあるが、俺たちからはどうしようもない。とにかく、先に進もう。次の階層の入口で、装備を整える」

「整えるって言っても、装備は壊れて……って、もしかして、直せるの？」

シンは鍛冶師だ。壊れただけなら直せるのではないかと、ティエラは思ったようだ。

「いや、スロットの効果で壊れた装備は修復不能だ。このダンジョン内では使用できない」

「なら、どうやって装備を整えるのよ」

よくわからないという表情のティエラに、シンはニヤリと笑ってみせる。

「すでに完成している装備は使えないけど、新しく作ることはできるんだ。壊れたのはあくまで装備品。素材となるアイテムは使用可能なのさ。あとは生産系のスキルを封じられていなければ、新規の装備を作れるってわけだ」

「それって、デバフの意味ないんじゃ」

「いや、装備は大体が貴重な素材を使って作る。もう一本作れるだけの素材をアイテムボックスに確保したままにしている奴はそんなに多くないんだ。このダンジョンが実装されてからは、素材を貯蔵する奴は少し増えたって話だけどな」

シンも、フルベガスのダンジョンのことを聞いて、アイテムボックスにある程度素材アイテムを入れるようになった口である。

「一応、モンスターが出ないとも限らないから、各自これを持っていてくれ」

シンがアイテムボックスから取り出して配ったのは、『界《かい》の雫《しずく》』の破片だ。

全長は60セメルくらいで、20セメルほどの細長い部分と、40セメルほどの刃のように鋭くなっている部分で構成されている。柄と刃が一体になった短剣のような形状だ。

まったく同じと言えるほどそっくりなものが、全部で五本。明らかに自然にできたものではないとわかる。

「武器なの？　でも、装備は壊れたんじゃ」

「これは素材アイテム扱いなんだ。界の雫はそれそのものを削って武器にすることもあるんだけど、武器にする一歩手前で止めておけば、デバフの効果範囲に含まれないんだ」

見た目はほぼ武器でも、カテゴリーは素材である。鉄塊《てっかい》や木材なども、使おうと思えば武器として使えるので、それと同じだ。

「武器として定まってないから、性能って意味じゃ伝説級《レジェンド》くらいの切れ味がせいぜいだが、それでもないよりましだろう」

「伝説級《レジェンド》は〝ないよりまし〟なんて評価じゃないわよ」

ティエラの突っ込みに、レトネーカも無言でうなずいている。

「そうなんだけどな。生成された階層次第では、伝説級《レジェンド》じゃ歯が立たないモンスターも出てくるんだよ」

「この服とか、フルベガス？　って人の印象が強すぎて確認してなかったけど、ここってどのくらいのモンスターが出るの？　今の話だと、かなり危険な気がするけど」

伝説級《レジェンド》が有効打にならないというのは、この世界で選定者以外はほぼ勝ち目がないと言っていい相手だ。それが当たり前のように出てくるというのは、非常に高難度のダンジョンということになる。

「こればかりは運次第としか言えないな。強力なモンスターは下層の方が出やすいっていうの

は、他のダンジョンと同じだ。でも、下層のモンスターがレベル８００超えとかだと、上の層でも６００クラスが通常モンスター扱いで出てくるんだよ。ちなみに俺の知る限りだと、最終ボスは、一番レベルが低かった時が３００くらいで、一番高かった時が９００超えだ」

「幅がありすぎるでしょ。高かった時とか、ほとんど勝ち目ないじゃない」

９００超えと聞いたティエラは、ドン引き状態だった。彼女を基準にすると、万全を期して臨んでもまず勝ち目のない数値だ。このレベルになると、デバフの内容次第だが、出会ったら逃げるのが基本である。

「ギャンブルダンジョンと呼ばれるくらいだからな。当たりはずれの差は大きいのさ。それに、勝敗を抜きにすると、このダンジョンは俺みたいな生産職にはありがたい場所でもある」

「どういうこと？」

「ここじゃ持ち込んだアイテム類もすべて〝再現されたもの〟だ。だから、いくら使ってもダンジョンを出れば元通り――いや、実際に使ってないわけだから、ちょっと違うか？　まあ、つまりは素材がある限り、貴重なアイテムを使って普段はできないような試作ができるってことだ。単純に予定しているアイテム作製の試験にしてもいい」

シンの発言に表情が変わったのはレトネーカだ。

貴重な素材はどうしても安易に使えないため、その使用目的も慎重に吟味する必要がある。しかし、このダンジョンではそんな心配はいらない。いくらでも失敗していいのだ。

「ちなみに、ここでの試作結果だが、ダンジョンの外でも同じ結果になるぞ」

「本当ですか⁉」

「そうだ。だから攻略そっちのけで素材を抱えて潜る奴もいたな。かく言う俺も、その一人だ」

この仕様に気づいたプレイヤーたちが、バグではないかと騒いだほどだ。

しかし遭遇率が高かったイベント期間が終了すると、生産職が狙ってフルベガスのダンジョンに潜るのはかなり難しくなり、この仕様でも仕方ないかという空気になった。

貴重な素材を持ったままフルベガスのダンジョンを探して彷徨うよりも、拠点でスキルレベルを上げたり、資材を消費してでも様々な試作をしたりする方がはるかに効率的なのだ。

「シンさん、そろそろ行けってさ」

「おっと、ここの仕様もそのままか」

ミルトに促され、シンが回し終わったスロットを見ると、全体がピカピカと点滅し始めていた。

ここはモンスターの現れない安全エリアだが、それをいいことに留まり続けると、さっさと進めとばかりにスロットが爆発するのだ。

その威力は上位プレイヤーですら粉々になるほどだという。

威力は詳細が公開されているわけではなく、体験したプレイヤーから攻略サイトに報告が上がって判明した。こういうギミックは、あえてくらって耐えられるか試す物好きなプレイヤーが現れるものだ。

スロットの置かれたエリアを後にしたシンたちは、階段を下りて二階層に入る。

トンネル状の通路を抜けると、新しいエリアが広がっていた。

大きく広がった視界に映るのは、点々と配置された木々と、背の低い草原。これは少し厄介かもなとシンが思った矢先に、頭上にモンスターの気配を感じた。

一瞬だけ周りに視線を走らせると、シュニー、ミルトと目が合う。お互い言葉をかわすことなく動いた。

シンはティエラを、シュニーはレトネーカを抱えて跳ぶ。

「まさかと思ったが、これを引いたか」

ティエラの悲鳴を聞きながら、シンは武器代わりに持っていた界の雫を振る。

硬質な音とともに、飛んできたものが弾かれて、シンたちの頭上を越えていった。

「敵なの⁉」

「まだ装備を整えてないんだけどな」

攻撃を防いだシンの視線の先で、景色が歪む。

何もなかった空間に、ゆらりと赤い影が姿を表した。

襲ってきたのは、赤い外骨格に身を包んだ蟷螂型《かまきりがた》のモンスター、ギギラティス。

強固な鎧のように変質した外骨格と四本の腕を持ち、毒液まで吐いてくる強力なモンスターだ。

普通に立った状態でも4メルを超える巨体が、音もなく大きな鎌を構えている。

重戦車のような攻撃力と防御力を併せ持ち、正面から戦っても厄介なモンスターだが、一番の特徴は、光術スキルで姿を消して奇襲してくるところである。

【分析《アナライズ》】で表示されたレベルは863。ハズレの部類を引いたようだと、シンは内心舌打ちする。

「ミルト、周辺の警戒を頼む！　シュニーは左から、俺は右からだ」

「任された！」

「承知しました」

指示を出している間にも、ギギラティスは動いている。複眼なので視線は読めないが、シンは自分を見ていると感じた。

ティエラをミルトの方に投げ、武器を構えて走る。

1メル以上ある巨大な鎌が、風切り音を置き去りにしてシンに迫った。

ギギラティスは腕を折りたたんで短く見せ、攻撃の際に一気に伸ばして間合いを見誤らせるのだ。

それを知っていたシンは身をかがめて鎌をかわし、腕の繋ぎ目に界の雫を突き立てる。

比較的柔らかい部分のはずだが、ギャリッという音がして刃が弾かれた。

外骨格の内側はそれを支える強靭《きょうじん》な筋肉の束《たば》が密集している。武器としては中途半端な界の雫では、わずかな傷をつけるのがせいぜいだった。

「切れ味不足か。なら、こっちだな！」

シンの拳が半透明の鉱石に覆われていく。

――無手土術複合スキル【金剛拳《こんごうけん》】。

短時間だが武器にも防具にもなる鉱石の拳を、時間差で迫る二本目の鎌に対して挟むように打ち付け、受け止めた。

体重差からシンは後退する。しかし、スキルによる補助のおかげで、下がったのは1メルほど。

おまけに、シンの拳を受けた鎌には大きなヒビが入っていた。

「ふんっ！」

力を込め、鎌をへし折る。動きの止まったシンに、一度かわしたもう一本が後ろから迫った。

「おらぁ！」

シンは右の裏拳を刃の腹に叩きつけ、鎌の軌道を強引に変える。そのまま一番近くにあった関節部に左の拳を叩きつけた。

関節が折れ曲がり、外骨格が砕ける。しかし、ダメージ自体は少ない。

シンは地面を滑るようにギギラティスに肉薄する。

外骨格の一部を砲弾の如く飛ばしてくるが、かわすか殴り飛ばすかして、距離を詰めた。

シンに向けられていたのはギギラティスから見て右の腕。左の腕も警戒していたものの、視界に入ったのは関節部が凍りついて動きが鈍《にぶ》っている光景だった。

シュニーもうまく鎌をさばいて動きを封じている。

「こうなったらこっちのものだ」

飛んで距離を取ろうとするギギラティス。しかし、それよりもシンが近づく方が早い。

「食らえ！」

胴体のど真ん中に右拳を叩きつける。バキバキと外骨格にヒビが入り、ギギラティスを守っている外殻《がいかく》が砕けた。

同時に【金剛拳】により外装も砕け散る。

「もう一丁！」

シンは気にせず反対の拳でギギラティスの中身を殴りつける。叩きつけられた拳から、激しい炎が噴き上がった。

――無手炎術複合スキル【バーン・フィスト】。

紫色にきらめく炎はギギラティスの体内を蹂躙《じゅうりん》し、焼いていく。残った外骨格の内側から炎が噴き出し、ギギラティスが体を痙攣させながら悲鳴を上げた。

動きの鈍ったギギラティスの頭部に、氷槍が突き刺さる。シュニーの攻撃だ。

しかし、複眼の片方が潰れ、頭部を貫かれてなお、ギギラティスは死んでいなかった。

震える足で地面を蹴り砕き、シンを押しのけて跳ぶ。シュニーに向かって牙を突き立てる。それができなくとも、巨体で押し潰す。そんな激しい闘争心が感じられる動きだった。

『シュニー！』

『問題ありません』

狙いに気づいて【心話】を飛ばすシンに、シュニーの落ち着いた返事が来る。

迫り来る巨体を前に、シュニーは静かに界の雫を構えていた。刃状になった部分が、白い靄《もや》で覆われている。

シュニーの魔力を受けた刃が、一瞬霞《かす》む。それが、彼女が刃を振った動作だと気づけたのはシンとミルトだけだろう。

ギギラティスの体を白い閃光《せんこう》が通り抜ける。キンッという音が鳴り、その体が真っ二つに裂けた。断面は白く凍りつき、周囲には氷の結晶が生えている。

シュニーを避けるように分かたれた体が地に落ち、地面を滑っていった。

「ふう、やっぱりまともな装備がないと、少しヒヤッとするな」

ステータス上の防御力が高いとわかっていても、モンスターの攻撃を生身で受けるのは勇気がいる。今回はそうはならなかったが、早急に装備を整える必要があると、シンは思った。

「すぐに移動しよう。初手がこれってことは、他にも同レベルの奴がいるはずだ。探知能力のある奴が寄ってくる前に、拠点を構えて装備を整えたい」

異論など出るはずもなく、シンたちはすぐに移動を始めた。

見渡す限りの草原というわけでもないようで、周囲を警戒しながら二十分ほど走ると、森が見え

てきた。

今のところ、モンスターの気配はない。

「森に入ろう。障害物のない草原よりは見つかりにくい」

シンの提案に従い、一行は森に足を踏み入れる。

森の中には草原とは違うモンスターが潜《ひそ》んでいる可能性が高い。シンが前衛で、警戒と罠の探知を行いながら進む。

「糸を使った罠が多いね。蜘蛛型のモンスターがいるのかな」

ミルトの指摘に、シンがうなずいて応える。

「多分な。最初に襲ってきたのもギギラティスだったし、エリア全体的に昆虫タイプのモンスターがメインの層なのかもしれない」

ギギラティスは草原のような開けた場所よりも、森や岩場などの視界や足場の悪いエリアに出現するモンスターだ。

奇襲に頼らずとも単純な戦闘力も高いので、草原で出てきてもおかしくはないのだが、ゲーム時代を知っているシンとミルトには違和感があった。

「ねぇ、シン。今の話、本当なの？」

「昆虫モンスターのエリアって話か？　まだ俺やミルトからすると違和感があるってだけだな。でも、過去に記録があるんだよ。特定の種族しか出てこないパターン。しかも、それ自体はあまり珍

しくない。ティエラって、虫が苦手だったか？」

「そうじゃないけど……昆虫タイプって、私の主力武器の弓矢がそんなに有効じゃないでしょ？　しかも、入口で襲ってきたモンスターは関節も硬かったじゃない。シンたちを援護できればと思ったんだけど、装備があっても難しそうよね」

シンたちのように致命的な一撃を叩き込むのは難しくとも、援護くらいはしたいと思っていたようだ。

実際問題として、ギギラティスのように全身が硬くて体も大きいタイプには、矢のダメージが通りにくい。プレイヤーの場合、矢そのものに工夫をしたり、スキルを使ったりして、ある程度不利を打ち消していた。

「その辺も考えるか。今まではスキルと武器の能力で補っていたけど、特殊な矢も選択肢に入れていいと思う。それに、ここなら使いすぎても問題ないからな。本番前の練習と思えばいいし」

「そういうことなら、使わせてもらうわ」

通常の矢と違って、特殊な矢は容易に補給できないという問題がある。そのため、これまでシンはあまり積極的に使わせてこなかった。シンがいなくなった後に使えなくなる装備に慣れすぎるのは、自力で調達できないティエラにはよくないという考えからだ。

しかし今は出し惜しみをしている場合ではない。

罠を避けながら進んでいると、レトネーカが疑問を口にする。

「あの、なんだか周りの植物が大きくなってませんか？」

「そうだな。おそらくモンスターに合わせて巨大化させているんだと思う」

うなずいたシンに、レトネーカが質問を重ねる。

「この階層は、どういった類のギミックがあるんですか？」

「ここにはそういうのはないんだ。最初の襲撃に、遮蔽物のほとんどない草原。そしてこのでかくなっていく植物。おそらく、ステータスの高いモンスターが跋扈する〝サバイバルステージ〟だ。昆虫タイプの高レベル帯モンスターの大きさに合わせて、環境が変化する特徴がある。棲息しているモンスターはでかい奴が多いからな。それらがメインなら、大きさに合わせて植物も大きくなるってわけだ」

シンは以前、同じタイプの階層に当たった経験があるので、間違いないだろうと思った。その時は魚類や軟体系のモンスターがメインで、フィールドの七割近くが海になっていた。

「強い相手がいるとわかっているなら、先に進まずに入口に拠点を作った方がいいんじゃない？」

「ティエラの意見ももっともなんだけどな。俺が知っている通りなら、フィールド全体が見えない範囲で区切られていて、それぞれにボスモンスターみたいな奴がいるんだ。避けて通ることもできるが、俺たちにはどこからどこまでがその範囲なのかわからない。逆に向こうは、区画への侵入者――つまり俺たちの存在を感知しているから、どこにいても最終的にはボスの襲撃を受けることになる。一時的でも拠点を構えるなら、範囲内にいるボスを倒してからの方が安全なのさ」

この場で待ち構えるという手もあるが、プレイヤーの行動に対応して、ボスも動きを変えてくるのはほぼ間違いないだろう。

「でも、さっきみたいな敵が出てくるなら、悔しいけど私やレトネーカちゃんは戦力にならないわよ」

「それなんだがな。一応手はあるんだ。練習をしてないから、次の階層を確認した後で説明しようと思っていたんだが……何があるかわからないし、先に伝えておくか」

そう言って、シンはアイテムボックスから、カードを取り出す。

「これはティエラも知ってるだろ？」

「『封《ふう》技《ぎ》札《ふだ》』よね。あ、そっか。これが使えるってことは、私たちが使えないスキルもある程度使えるってわけね」

「ああ。俺が魔術を込めているから、全く効果がないってこともないはずだ」

魔術を込めたのはゲーム時とはいえ、カンスト状態で行っているので、たとえ威力が下がったとしても、並の魔術士以上の威力が出るのは間違いない。

「下手に使うと、味方を巻き込みそうね」

「それなんだよ。ティエラとレトネーカは……って、そういえばレトネーカは封技札を使ったことあるか？」

黒の派閥の構成員であるレトネーカならば、使った経験があるのではないかとシンは思った。

しかし、彼女は首を横に振る。

「見たことはありますが、それ自体が貴重な資料兼資材なので、使ったことはありません。資料としては残っていても、それを作る技術は失伝してしまっているのです」

「これもか。まあ、下手に量産できたりすると危険な代物《しろもの》だからな」

戦闘で役に立つということは、襲ってくるモンスターを迎撃するだけでなく、人に対しても使えることを意味する。

今の世界でどのくらい人同士の争いが起こるのかわからなかったが、プレイヤーキラーをよく知るシンは、この技術が暗殺や戦争に使われる懸念を、どうしても拭えなかった。

「説明しておくと、渡したケースの中に一通りのカードが入っている。攻撃系のカードは各属性の基本魔術。威力の高いボールタイプと、速度のあるアロータイプがそれぞれ五枚ずつ。回復系として【ヒール】と【キュア】のカードが十枚ずつに、蘇生《そせい》のカードが五枚。あとは障壁のカード、全ステータス上昇のバフのカード、索敵のカードがそれぞれ五枚ずつだ。【ヒール】と【キュア】はスキルレベルX《テン》が基本と思ってくれ」

シンはなんでもないような口調で言ったが、カードの内訳を聞いたティエラとレトネーカは、もはや呆れるしかないという雰囲気だ。

「今の世界じゃ揃えるのも――待って、途中でちょっとおかしな単語が交ざってなかった？」

「蘇生、と聞こえましたが……」

二人の表情が強張《こわば》っていた。

「そうだ。神術系スキル【蘇生《リヴァイヴ》】がカードに込められている。ただし、先に言っておくが、ティエラたちが考えているような効果はないぞ。知り合いにも確認した。効果が出る場合も、条件がある」

ティエラとレトネーカからは、信じられないという感情がはっきりと伝わってくる。

「いや、条件ありでも蘇生できるっていうのが、もうおかしいんだけど」

「はい。ティエラさんの言う通りだと思います」

「そりゃまあ、そうなんだが」

死者の蘇生は、ハイヒューマンと同じく伝説の中でしか語られない事象だ。二人が驚くのも無理はない。

「まあ、多分このダンジョン内なら文字通りの効果があると思う。といっても、このダンジョンでは、死んでいるようで死んでいないから、蘇生よりも回復するって方が近いだろうけどな」

「どっちにしても、そんなに軽い調子で話していい内容じゃないわよ。スキルによる蘇生って言ったら、ハイヒューマンよりも実在が疑われているものなのよ」

呆れるティエラを宥めながら、シンは説明を続ける。

「驚くのもわかるが、そういうスキルが存在するのは事実だ。ただ、先にも言ったが、伝説に出てくるように、死んだ人間を生き返らせる奇跡の技ってわけじゃない。あくまで回復薬《ポーション》やスキルが効

かないくらいの瀕死の状態から回復させられるっていう、いわば【ヒール】の上位版ってだけだ。戦闘における回復手段の一つ、そのくらいの認識でいいんだよ」

以前、元プレイヤーであるひびねこに聞いた話を少し変え、こういう効果だったと二人にも語る。蘇生というよりも回復だが、それが可能な条件を説明するためだ。奇跡のようなものではないと、それをわからせるためでもあった。

「その話が本当なら、確かに回復系の薬やスキルの上位版っていうのは間違いないでしょうね」

「だとしても、死者の復活を考える人はいると思います。私も……」

そこまで言って、レトネーカははっと口を押さえた。

レトネーカの父親がどうなったのか知っているシンは、彼女の心情を察した。シンも同じようにかつての恋人を蘇生できないか考えたことがあるからだ。

「そうだな。でも、それはできない。できないんだよ」

「……はい」

うなずきはしたものの、レトネーカの表情は、蘇生のカードについて葛藤《かっとう》しているように見えた。不可能と言われても、簡単に納得はできないのだろう。

「それにしても、他のカードもとんでもないわね。シンが込めたなら攻撃系も威力がすごそうだし、回復の方も最大レベルじゃない。これだけでも、国が動くわよ」

レトネーカが気落ちしているのを察したのか、ティエラが少し過剰とも言えるテンションで話す。

【ヒール・X《テン》】となれば、部位欠損も治る。【キュア・X《テン》】と同時に揃えられれば、もしもの時の備えとしては万全だろう。ティエラの言い分も、当然といえば当然だ。

「昔はこれも貴重だが、手に入らない品ってわけじゃなかったんだ。ただ、使い方を間違えるととんでもないことになる。そこはレトネーカもわかるだろ？」

シンが話を振ると、レトネーカは小さく息を吐いて返答した。

「そうですね。私たちが島の防衛に使う魔導兵器も、モンスター相手だけに使われるわけではないですから」

レトネーカも武器を向ける相手のことは理解しているようだ。

「まあ、なんだ。ここなら多少狙いを間違えても大丈夫だし、木々をふっとばしても問題ない。ぶっつけ本番になっちまうけど、そこはもう出たとこ勝負ってことで」

「それでいいの？」

「いいんだよ。このダンジョンだって、クリアできればラッキーくらいのノリなんだ。こういう無茶なこともありなのさ。ただ、失敗するにしても、できれば色々と試作した後がいいけどな」

と、ティエラに軽口を叩いてみせるシン。

そんな中シュニーが静かに注意を促す。

「シン、近づいてきます」

「ああ、エリアボスのお出ましだな」

シュニーの言う通り、大きな反応が一つと小さな反応が六つ近づいてくる。大きな反応は正面から、小さな反応はシンたちを囲むように動いていた。

「俺とシュニーででかいのをやる。ティエラたちはカードを使って小さいやつを頼む」

シンは指示を出しながら、ミルトに目配せする。

笑顔でうなずいているので、いざという時のフォローをという意図は伝わっただろう。

「バージスパイダーか。予想通り、蜘蛛型だったな」

シンは【透視】と【遠視】を組み合わせ、近づいてくるモンスターの姿を確認する。

自分のテリトリーに罠を仕掛けて相手を絡《から》め取るタイプだ。バージスパイダーは粘着性《ねんちゃくせい》の糸をあちこちに張《は》り巡《めぐ》らせることで敵の機動力を奪い、巨体由来のパワーで叩き潰す。

レベルは７８３。ギギラティスよりもレベルは低いが、地形と能力が噛み合ったこの場所では、こちらの方が脅威度は高い。

「こいつの糸は炎に弱い。いざって時はボール系の炎魔術で焼き払え！」

「森が燃えないの⁉」

躊躇《ちゅうちょ》するティエラに、ミルトが声をかける。

「こっちで対処するよ！」

森の植物が燃えにくいことは、移動途中で確かめてある。表面を湿らせるだけで、延焼の危険は大きく下がる。大きな火災にならなければ、ミルトの精霊術で十分補助可能だった。

「いくぞ！」

罠感知で糸が張られている場所はわかっている。単純なクモの巣状に張られているものはよく見えた。しかしそれをかわそうとすると、細く張られたより強靭な糸に絡まる。

様々な太さと長さの糸はバージスパイダー自身の動きも制限しそうなものだが、体の表面に糸を逸らす機能があるため、自分の糸に絡まることはない。引っかかったとしても、その巨体とパワーで引きちぎってしまう。

シンは小柄になった体を活かして糸の間をすり抜けていく。シンの罠感知能力を駆使すれば、二段、三段と仕掛けられた糸もよく見えた。

問題は、どうしても進路が限られてしまうところか。バージスパイダーはそれを理解しているらしく、シンが糸をくぐったところを狙って、左前腕による攻撃が迫る。

大剣のような前腕の先端に、シンは界の雫を打ち付けて軌道を逸らす。

甲高《かんだか》い音とともにシンの体が横に滑った。攻撃は当たらなかったが、次の動き出しが少し遅れる。

バランスを崩すまではいっていない。

（体が軽くなったからか、受け流すだけでも反動が強いな）

シンは地面を蹴って前腕の横を走る。腕の影に隠れるように動くが、昆虫タイプは視界が広い。

どこまで見えづらくなっているかはわからない。

「そっちか」

左前腕が持ち上がった次の瞬間、地面との隙間を縫《ぬ》うようにして右前腕の先端がシンを背後から襲った。

背中に当たる直前で、シンは大きく飛び上がった。左前腕が邪魔になり、右前腕の刃はシンに届かない。

しかし、飛び上がったことでバージスパイダーの顔がシンの方を向く。口が開かれ、牙の間から白い糸が大きく広がりながら飛び出した。

（口から糸を吐けるタイプだったか）

蜘蛛は基本的に腹の先端から糸を出す。しかし、【ＴＨＥ ＮＥＷ ＧＡＴＥ】の蜘蛛型モンスターは腕の先端や口の中、背中などからも糸を放出できるものがいる。

どこならば安全か初見ではわからないことが多いし、すべての蜘蛛型モンスターの糸の発射口を覚えている物好きは少ない。

シンもどこから糸が来るかわからなかったが、ある程度場所は絞れる。今回はわかりやすかったので、飛んできた糸を、炎術を纏わせた界の雫で切り払った。

糸に効果がないと理解したのだろう。バージスパイダーが距離を取ろうとする。

だが、跳ぼうとしたところでガクリと体を震わせて、体勢を崩した。体を支える足の先端が凍りつき、地面と一体化していたのだ。

「さすがシュニーだ」

最後の足掻《あが》きと、バージスパイダーは前腕を振るってシンを叩き落とそうとする。

シンはそれが届く前にスキルを発動。宙を蹴って加速し、バージスパイダーの複眼に界の雫を突き立てた。

不快を感じさせる咆哮が上がる。

バージスパイダーが頭を振るが、シンは振り払われるより先にスキルを発動していた。

――剣術炎術複合魔術スキル【バーン・ブレード】。

ギギラティスに打ち込んだ【バーン・フィスト】の剣術版だ。

界の雫の刃から青白い炎の刃が伸びる。シンはそのまま界の雫を振り、バージスパイダーの頭を斜めに切り落とした。

「即死しないのは、虫の厄介なところだな」

ＨＰが急速に減っていくが、ギギラティスの時と同様、すぐには死なない。巨体に物を言わせて足を縫い留める氷を砕き、シンに飛びかかってきた。

「小さいから押し潰せるとでも思ったか？」

シンは半身になり、腰を落として右拳に力を込める。

思い描くのは、かつてのサポートキャラクターの姿。

「無手のスキルは、刀術の次に得意なんだよ」

――無手系武芸スキル【至伝《しでん》・絶佳《ぜっか》】。

シンは半分に欠けたバージスパイダーの頭に、拳を打ち付けた。

頭が歪み、衝撃が波となって全身へと伝わっていく。

圧倒的な質量差。止まるはずのない巨体が、決して破れない壁にぶつかったように大きくひしゃげていった。

「吹っ飛べ」

衝撃が空気を震わせて周囲に伝播《でんぱ》する。

バージスパイダーの見上げるほどの巨体が、ぐしゃりと歪みながら宙を舞った。

数秒して、ズンッという音と震動がシンたちを襲う。それも一瞬のことで、地面に倒れたバージスパイダーはもう動くことはなかった。

Chapter 4 隠し事

THE NEW GATE

「思ったより形が残ったな」

地面に倒れたバージスパイダーを見て、シンはいつもより威力が出ていないと感じた。体が小さくなった影響か、力がうまく乗っていない気がしたのだ。

首を傾げるシンに、シュニーが声をかける。

「どうかしたのですか？」

「いや、思っていたよりも威力が低い気がしてな。体格が威力に関係しているんだろうか」

「そうですね。武器にも言えますが、やはり重さで威力が変わることはあると思います。経験上、無手系スキルも使用者の体格で威力が変わっている気がしますね」

「やっぱりそうなのか。このデバフだけは、早く解除したいぜ」

ゲーム時は意図的にアバターの設定を変更しない限り、体格が変わることなどほとんどなかった。

「私はもう少しこのままでもいいですね」

「ええ……」

笑って言うシュニー。その表情から、からかわれているのはすぐにわかった。

「小さいシンも好きですよ。可愛いですから」

「そうかぁ？」

自分のことだけに、シュニーの可愛いという言葉に首を傾げるシン。冗談だとしても、明らかにフィルターがかかっていると思う。

「ちょっとぉ、二人でイチャイチャしてて、ずるいぞー」

「ふふ、バレてしまいましたか」

近づいてきたのはミルトに、シュニーが微笑む。

周囲の反応が消えているので、子蜘蛛はすべて倒されたのだろう。ティエラたちも怪我などはないという。

「素材も回収したし、一旦休憩しよう。エリアボスを倒したから、襲撃される心配もないしな」

「あれ？　そういえば、月の祠って、そもそもモンスターよけの結界が張られてるんじゃなかったっけ？　わざわざこのエリアに来る必要あったの？」

シンが月の祠を出したところで、ミルトが疑問を口にした。複数の結界系スキルによる防御は、ミルトも知っていた。

「このダンジョンだとエリアボスを倒さないと効果が発揮されないんだよ。ボスを倒して発揮されるようになっても、効果があるのはそのボスがいたエリアだけだ。それに最初の草原だと、ボスがギギラティスみたいな隠密系《おんみつけい》の能力を持っている奴かもしれない。休んでいる時にボスの奇襲を受けたくはないからな。念のため避けた方がいいと思ったんだ。隠密行動が得意なタイプのボスがダンジョンの補助を受けると、【探知】に引っかからないことがあるだろ？」

「あー、そっか。あれはずるいよね」

結界も簡単に破られるような強度ではないが、レベル８００クラスの攻撃に耐え続けるのは難しい。スキルの都合上、結界系は強度が落ちてもそれを回復させることができない。強度を戻すには張り直す必要があるのだが、敵が見えない状態でそれをやるのは難しい。

ミルトも敵が感知できない状態で戦ったことがあるのだろう。顔をしかめていた。

「さ、行くぞ。そろそろ昼飯の時間だ。腹が減っては戦《いくさ》はできぬってな」

「では、少し豪勢《ごうせい》にしましょうか。素材も戻ることですし」

貴重な食材も、ダンジョンの外に出れば元通りなのは、他の素材と変わらない。せっかくなので少し挑戦的なメニューにすると張り切るシュニーを見て、ミルトがはしゃぐ。

「いえーい、シュニーさんの料理だ」

月の祠に入り、シュニーの料理ができるまで自由時間となった。

ティエラはシュニーの手伝いをすると言って、ともに調理場へ。カゲロウはティエラの近くにいるようで、調理場の入口で横になった。

シンはメンバーの装備を作る準備をするために鍛冶場へ向かう。他の皆には休むように言ったが、レトネーカは武器を作る様子を見学させてほしいと申し出てきた。

「お願いします！」

「……わかった」

もともとシンは、鍛冶に対して恐怖心を抱きつつあったレトネーカに、何かできないかと思っていた。彼女なりに鍛冶に向き合おうとしているのがわかったので、少しだけ考えてシンはうなずく。

ミルトとユズハはどうするかと聞くと、両方とも見学すると言ってついてきた。どちらも鍛冶をする時は大体見にくる。

「シュニーもそんなに長時間料理をするとは思えないから、今回は簡単な試作だけする。技術的な説明はいるか？」

シンの問いに、レトネーカは首を左右に激しく振る。

「いえ、同じ場所にいさせてもらえるだけで、十分ありがたいです！　鍛冶の技術まで教えてもらっては、あまりに図々しすぎますから」

シンやシュニーが使う武器を作るとなれば、簡単な技術だけ使うというわけにはいかない。レトネーカもそれがわかっているので、技術について問うつもりはないようだ。

「そうか。なら、俺は作業に集中させてもらう。技術は、見て盗め」

「はい！」

レトネーカは真剣な表情でうなずいた。

鍛冶場につくと、シンは炉に火を入れて、素材を取り出す。

最初に作るのはティエラの使う弓だ。芯に使うのは世界樹の枝。武器として使っていた界の雫の刃で形を整える。

そして界の雫を液状にして塗りつけると、虹色の輝きが弓の表面を走り、表面が光沢を帯びた。

次に、キメラダイトを取り出して、細長く成形していく。それを二本用意し、枝を加工したものを中心にして、挟むようにキメラダイトを重ねた。接着剤などは使わない。魔力を流すことで、界の雫がその役割を果たすのだ。

「各パーツを取り付けてから、弦《つる》を張って、と……」

完成したのは、弦を張った状態で全長1メルほどの弓だ。装飾の少ないシンプルな形状だが、纏っている魔力は明らかに伝説級《レジェンド》以上だ。

その後シンは丸太を取り出して、スキルを発動。一瞬にして矢の軸となる部分が量産された。

「木材系のスキルは、たまにわけわからない動きするよね」

ミルトの呆れたようなセリフに、シンは軽口を返す。

「手作業でやると時間がかかることを短縮しているだけさ」

言葉通り、シンが使ったのは単純な時短スキルだ。

その後は鏃《やじり》をひたすら量産し、羽根や矢筈《やはず》といったパーツとともに別の時短のためのスキルを発動する。

こちらは用意されたパーツを特定の形に組み合わせていくタイプだ。矢をすべて手作業で作るとあまりにも時間がかかるので、ゲーム時代の生産職なら、こういった作業を短縮するスキルは持っていて当然だった。

「鏃の形が違うのがいくつかあるけど、どんな効果があるの？」

「先端が三角っぽい灰色のやつは、普通の鏃。針みたいになっているのが貫通力が高いやつで、色のついたやつが属性ダメージを与えられるやつだ」

「弓に属性がついてるやつがあるけど、矢にもついてると何か違うの？」

「同じ属性なら威力が上がるくらいだな。あとは矢と使ったスキルの属性が同じだと、こっちも威力が上がる。属性攻撃を矢に任せて、ＭＰは別に使うっていうのが、オーソドックスな運用だな。他の武器だと、武器そのものの属性を切り替えるのは簡単じゃないから」

　属性の違う剣を二本使うという例もあるが、弓なら慣れればすべての属性の攻撃を瞬時に切り替えながら戦うことができる。それ自体はあまり有効な攻撃手段ではないものの、初見の敵に対する有効な属性を確認する時や、弱点が切り替わる敵にはとても有効だ。

「ん、料理ができたかな」

　シュニーが近づいてくるのがわかる。

　シンは鍛冶を一旦切り上げて、食事をすることにした。

　テーブルにはミートパイやローストされた何かの肉、カラフルな食材の入ったスープなど、いつもより見た目が派手な料理が並んでいる。

「お肉が白いね。何の肉なんです？」

　ミルトが興味《きょうみ》津々《しんしん》の様子でシュニーに尋ねる。

「ランズホーンのもも肉です。火を入れると色が変わるんですよ。ベリーのソースと一緒に食べてみてください」

「ではさっそく、いただきまーす。うまっ⁉」

シンもソースを付けて食べてみた。口に広がる肉の旨味、少し濃いように感じるそれも、ベリーソースが爽《さわ》やかにまとめてくれる。

他の料理も、見た目がいつもの食材より派手なだけでなく、旨味もむしろ強く感じるものだった。なるほど挑戦したな、とシンは思う。シュニーの料理は確かに美味いが、どこかほっとするような素朴《そぼく》な味付けが多い。毎日食べても飽《あ》きが来ない。そんな味なのだ。

今回は、そういう味付けではない。

「祝い用の料理って感じだな」

「魔力が強いからか、素材の扱いが難しいですね。料理としては成立しているのですが、まだ完成とは言えない出来です」

「これで未完成なの？」

料理に舌鼓《したつづみ》を打っていたミルトが、シンとシュニーの会話を聞いて驚いた。

「自分では満足できていないだけですよ」

「生産系のこだわりかぁ。僕はそこまでのものはないなぁ」

「そりゃ、お前は戦闘系だしな」

こだわるポイントが違うだけだろう。戦闘時の体の動き、技を出すタイミング、アイテムや消費MPの管理など、戦闘をメインにする者には、生産系とはまた別のこだわりがある。

どちらも嗜《たしな》むシンとしては、シュニーの言い分もミルトの言い分もよくわかった。

「僕も、もうちょっと生産系のスキルを育ててみようかな。薬剤関係はそれなりに育ってるし」

「いいんじゃないか。やれることが多いに越したことはないし、戦闘にも役に立つ。あとは、できれば楽しんでやれるといいってところか」

生産系スキルは作業が地味だ。武芸スキルや魔術スキルのような派手さは皆無《かいむ》なので、飽きて投げ出すプレイヤーも多かった。

「そこだよねぇ。ひたすら調合するって感じだし。ま、気長にやるよ」

「それがいい」

そんなシンたちの会話を、レトネーカが真剣な表情で聞いていた。

(少しは良い方向に影響が出てくれるといいんだけどな)

レトネーカの様子を視界の端に収めながら、シンはパイを噛み締めた。

†

食事を終えてから少し時間を空けて、シンたちは再び鍛冶場に来ていた。見学メンバーにシュ

ニーが加わっている。

ティエラは弓と矢の習熟をすると言って、カゲロウとともに外へ出ていた。

次に作製するのは、ティエラとミルトのサブウエポンである短剣だ。

とっさの防御にも使えるように、強度を重視して作製していく。使う素材のキメラダイトも、強度が高いアダマンティンの割合が多いものを使用した。

「相変わらず、作製速度が信じられないくらい速いね。僕の武器を頼んでた鍛冶師は、もっと時間をかけてたんだけど」

「それは熟練度の差だろうな。やっている身としても、結構楽しいんだ。もちろん、質にはこだわるけどな」

ティエラ用の短剣の刀身を液体状態の界の雫に浸しながら、刀身の状態を観察する。

見た目だけならこれでほとんど完成していたが、さらに研ぐことで切れ味補正を上げておく。

「ミルトはティエラよりパワーがあるし、少し重めにするか？　多少だけど強度が上がるんだ」

「パワーがあるって部分をシンさんに言われるのは少し複雑だけど、それでいいよ。昔も防御手段の一つとして使ってたから、壊れにくい方が助かるし」

「了解だ」

シンはキメラダイトの上からアダマンティンを重ねて鎚を打つ。

キメラダイトのインゴットに、その半分ほどの大きさのアダマンティンのインゴットが吸収され

るように消えていく。わずかな時間でインゴットは完全に混ざり合い、一つの塊になった。色合いが少し濃くなっているのは、アダマンティンの割合が増えたからだ。

インゴットを炉で熱して、鎚を打っていく。

作業をしながら、シンはレトネーカの視線を強く感じていた。本人は鎚を持とうとすると手が震えると言っていたが、鍛冶場にいたり、作業を見たりするのは問題ないようだ。

完成した刀身を、先ほどと同じように液体状態の界の雫に浸ける。こちらも軽く研いで、切れ味補正を上げた。

「さて、次はミルトのメインウエポンだな。『オルドガンド』でいいよな？」

「うん。このあとどんなデバフを受けるかわからないから、武器はあまり遊び心を優先しない方がいい気がするんだよね」

「そこは同意見だ。せっかくだからって普段と違う武器使っているのに、いつもの武器の癖《くせ》が出て、勝てる相手に負けた奴を知ってる」

ゲーム時代には、鍛冶師と一緒に潜って試作武器の試し切りをしていたプレイヤーもいた。ただ、いつも使っている武器と種類を変えていなくても、物自体が違えば多少なりとも勝手が変わる。その些細《ささい》な違いで、モンスターに後《おく》れを取るプレイヤーも少なからずいたのだ。

「調整がいらないと、作るのが楽でいいな」

一度作製した装備はデータを残してあるので、素材さえあれば作り直すのは簡単だ。

シュニーの『蒼月《そうげつ》』も作り終え、次はシンの装備だ。

「さて、俺の武器か」

今までシンは、状況に応じて武器を使い分けていた。なので、シュニーやミルトのようにこれを再作製すればいい、というものがすぐに浮かばない。

悩んでいる様子のシンを見て、ミルトが疑問を口にする。

「『真月』じゃだめなの？」

「それでもいいんだけどな。本体は直してないのに、こっちでは使うっていうのが、どうもな」

「そこはこだわりがあるんだ」

「些細な問題といえば、その通りなんだがな」

試しに壊れたままの『真月』を出してみようとしたが、アイテムボックスの中にカードがなかった。

「どういうことだ？」

「どうしたの？」

「壊れたままの『真月』のカードが、アイテムボックスの中にない」

元から壊れていた装備については、素材アイテム扱いだ。アイテムボックスから出していないので、リストの中にないというのはおかしい。

レトネーカに聞かせられる話ではないと判断し、シンはシュニーと【心話】を繋ぐ。

『通常のアイテムとは少し事情が違いますし、再現ができなかったのではないですか？』

『そうかもしれないな。少なくとも、ゲーム上は存在しない状態だし』

さすがに設定外のアイテムは試せないということなのかもしれない。

「まあ、個人的なこだわりでわがままを言っていられるような状況でもないか。ここは元の『真月』を再現しておこう。一番使い慣れている武器だから、感覚も掴みやすいはずだしな」

シンはキメラダイトを取り出して、炉で熱する。

少し懐かしい気持ちになりながら、鎚を振るった。

完成した『真月』は、かつてデスゲームのラスボスであるオリジンと戦った時と同じ輝きを宿している。刀身だけの『真月』に鍔《つば》や柄《つか》を整えると、刀身の赤い輝きが増した気がした。

「手に馴染《なじ》むな」

こちらに来てから手に取るのは本当に久しぶりだというのに、つい最近まで振るっていたような感覚がある。

不思議なものだなと思いながら、シンは次の作業の準備を始めた。

最後はレトネーカの武器だ。ただ、こちらはあまり等級の高いものを作っても扱いきれないので、使いやすそうなものをいくつかピックアップして、試してもらうという方向で決まった。

作製もすぐに終わり、一旦カード化してレトネーカに渡す。

「さて、武器の作製が終わったから、ここからは装備は装備でも防具やアクセサリーがメインにな

る。ガントレットやグリーブは武器の延長とも言えるから、やり方は武器と同じだ。ただ、それ以外はもう技術がどうとかいうレベルじゃない。だから正直、参考にはなるかわからん」

「ええと、どういう意味でしょうか」

「今のパーティメンバーは、防具は布や革を使ったものがメインだ。鉱物を使ったものと違って、成形したパーツを組み立てていく感じなんだよ。鍛冶みたいに素材を一から加工するってわけじゃないんだ」

防具のもととなった布や革は、在庫が十分残っている。ショートカット機能にも登録済みなので、こちらは素材を揃えてスキルを発動するだけで作製できてしまうのだ。

空中でひとりでに布が切れて型ができ、糸が通され装飾されて防具が出来上がっていく様《さま》は、映像としては見ていて面白い。

ただ、技術的な参考になるかは疑問だ。

手作業を早送りで見ているみたいなもので、素材が勝手に自分から動いて縫い合わされていくような光景になる。そのため、人がやるとどう動けばいいのかは、実際に作ったことがある人物、今回ならシンにしかわからない。

その光景を見るレトネーカの中で上手くイメージができれば、とても参考になるだろう。

「見せていただけるんですか？」

「ああ、どこまで参考になるかわからないけど、それでもいいなら」

「問題ありません。お願いします」

やる気を見せるレトネーカに応え、シンはすぐにスキルを発動した。

アイテムボックスから取り出した素材が具現化され、宙に浮く。

布がひとりでに切れて形ができ、糸が宙を泳ぐように動いた。針もないのに布を通り抜けてスルスルと縫い合わされていく。

飾りの模様までしっかりと再現されて完成したのは、シュニーの防具である『月光銀《げっこうぎん》のメイド服《ふく》』だ。

ふわふわと浮いていたメイド服にシンが触れると、力を失ったように腕の中に収まった。

「とくに問題はないな。シュニー、装備してみてくれ」

「わかりました」

シュニーが受け取ると、メイド服がうっすらと光り出す。同時にシュニーが着ているバニー服も光を発する。

数秒して、メイド服が光になって、バニー服に吸い込まれ始める。すべて吸収されると、バニー服の発光も収まった。

「どうだ？」

「問題はなさそうです。見た目は変わりませんが、先程より服を着ているという感覚が強くなりました」

「よし、なら残りもさっさと終わらせるか」

そう言ってシンは、メイド服と同じ要領で、防具を作製していった。

防具の作製が終わると、次はアクセサリーだ。

こちらは鍛冶というより彫金や錬金術の分野になるので、一旦作業を切り上げることにした。すでに食事を終えてから四時間が経過している。

それを指摘され、ミルトが驚きの声を上げる。

「そんなに経ってたんだ。なんだか夢中で見ちゃったよ」

「そりゃ、武器の作製が速いって言っても、一瞬でできるわけでもないしな。というか、よく誰も飽きずに見ていたな。なんだかんだで、絵面的《えづらてき》には三分の二くらい俺がひたすら鎚を振るってるだけ、みたいなものだろ」

シンにとっては時間を忘れるほど見入るものでもないが、彼以外のメンバーはそうは思っていないようだ。

間近で作り手の呼吸や場の空気を感じていると、退屈なんて考えは出てこなかったと、シュニーやミルトは言う。

中でもレトネーカは、とくに見入っていたようだ。

「いえ、炎の熱さ、焼入のタイミング、鎚を打ち付ける強さや速さ。とても勉強になりました。もっと見ていたいくらいです」

鎚を持つのが怖いと言っていた姿はどこへやら、レトネーカの目がキラキラと輝いている。

その様子を見て、シンは少しホッとした。

やはり、物作りを楽しいと思う気持ちはなくなっていないのだと確信できたからだ。あとは、鎚を持つ恐怖心をどうにかできれば、悩みも解決に向かうだろう。

「少し休憩させてくれ。あと、一応、皆自分の武器の感触は確かめておいてくれよ」

途中で月の祠に備え付けてあるボックスから素材を補給した。

カード化した武器を渡し、シンは一旦自室に戻る。

「さて、この際だ。せっかく良い方向に行きそうだし、貴重な素材を扱う楽しさも知ってもらうか」

このダンジョン内ならば、外ではできない失敗もできる。オリハルコンやアダマンティンのような貴重な素材を使い果たしても問題ない。

そこまで考えたシンだったが、ふとそれは正しいことなのかという疑問が頭をよぎった。

人々のために活動する黒の派閥の構成員であるレトネーカ。彼女が抱える一種のトラウマを解決することはおそらく正しい。

しかし、与えた知識や経験が別の悲劇を生む可能性はないだろうか。技術の進歩が、悲劇を生んだ事例を、現実世界の知識を持つシンはよく知っている。

作られた装備そのものに罪はなくとも、それがあったからこそ起きてしまう悲劇はある。

「いやいや、何考えてんだ、俺は。そんな大それた話じゃないだろ」

悲観的な考えが浮かんだのはなぜだろう。そう思っても、シンの疑問に答えてくれる者はいない。疲れて変な方向に思考が飛んでいるのかと考えていると、シンはシュニーが部屋に近づいてくることに気づいた。

扉がノックされたので、返事をして入室を促す。

「ええと、武器に何か問題でもあったか？」

「いえ、そちらは何も。むしろ違和感がなくて驚いたくらいです」

武器に不具合でもあったのかと思ったシンだったが、その予想は外れた。あとは何かあったかなと考えるシンに、シュニーが話しかけてくる。

「シン、何か悩んでいませんか？」

「悩み？　まあ、悩みといえば悩みだけど……そんなにわかりやすかったか？」

「レトネーカさんですよね？　もともとあんなことがあったので、気にかけているとは思っていました。ですが、明確な違和感があったわけではないんです、勘のようなものですね」

「シュニーには敵わないな。悩みっていうか、俺の行動は本当に正しいのかって考えが、ついさっき浮かんできてな。今さらと言えばそうなんだけどさ。最初は俺のやっていることがレトネーカのためになっているのかって考えていたから、シュニーの勘はそっちに反応したんだと思う」

シンはレトネーカが鍛冶について悩んでいることを、シュニーに伝えた。

「今の悩みはレトネーカの技量を高めるのが、最終的にプラスになるのかってことだ。俺はせっかくの鍛冶の才能を無駄にしてほしくないって思っているけど、それは本当にレトネーカのためになるのか。そんな風に考えちゃってさ。この世界のためとか、本人のためとか。そういうお題目ばかり気にしているような気がしたんだ」

この世界の情勢を考えれば、レトネーカのスキルは決して無駄にしていいものではない。

しかし、だから彼女に鍛冶をやるように促すのか。強引に背を押すのか。それは本当にいいことなのか。そんな疑問が鎌首をもたげる。

やりたくないなら、やらなくてもいい。

シンは、デスゲーム攻略を実行できる力があるからと自分に言い聞かせて戦っていたころのことを思い出す。

あれは確かに必要だった。だが、自分でなければいけなかったのかという思いも、心の片隅にあった。

全員初期状態からスタートというわけではなかったのだ。時間さえかければ、シンがいなくともクリアできた可能性はある。

レトネーカも同じだ。彼女がいることで助かる人は必ずいる。しかし、彼女に無理をさせてまでそうする必要は、果たしてあるのだろうか。

「それを決めるのは、シンではなくレトネーカさんですよ」

シュニーはベッドに腰かけていたシンの隣に座り、身を預けてきた。

「そうかな？」

「そうです。どれだけ力があっても、どれだけ必要に迫られても、やるかどうか、進むかどうか。それを決めるのは自分自身なんです。私も、そうでしたから」

穏やかな笑みを浮かべながら、シュニーは言う。彼女はシンのサポートキャラクターだっただけあって、この世界では有数の力を持っている。

力があるからといって人々を救わなければならないわけではない。他者を傷つけ、支配することにだって力は使える。

だが、いつの日かシンが戻ってきた時のため、誇れる自分であるために、シュニーは人を助ける道を選んだ。

力のことなど忘れて、ただ静かに待つこともできたのに、それを選ばなかった。

そしてその力で多くを救い、今や彼女は大きな名声を得ている。

助言をもらったり、背を押してもらったりすることもある。それでも、どの道を行くかは、やはり自分で決めるべきなのだ。

「レトネーカさんが道に迷っているなら、少しだけ周りが見えるようにしてあげればいいんです。こういう道もあると、教えてあげるだけでいいんです。私は、そう思います」

「……そうだな。ありがとう、シュニー。少し気が楽になったよ」

自分もシュニーに助けられているな、とシンは思う。

日頃の感謝も込めて、早く結婚指輪を完成させようと、決意を新たにした。

おあつらえ向きに、このダンジョン内ならば、例の希少金属――アルマダイトの消費も気にせずに試験ができる。

装備を整えたら、早速取り掛からねばと、シンは頭の中で構想を練る。

しかしその思考は、シュニーがシンを持ち上げて膝の上に座らせたことで中断された。

「シュニー？」

「今くらいは、私のことだけ考えてください」

シンが小さくなっているから、後ろから包み込まれるような状態だ。体勢が体勢だけに、色々と柔らかいものが当たっている。

耳元でささやく声も、いつもより高い位置から聞こえた。呼吸の際に漏れる吐息が、髪に当たってくすぐったい。

密着しているので、シュニーの体温も強く感じる。いつもより熱い気がするのは、気のせいではないだろう。

周囲の気配を探ると、他のメンバーは全員外にいる。もしかすると、シュニーはタイミングを見計らってやってきたのかもしれない。

シンは指輪のことは一旦頭の隅にやり、今はシュニーの気が済むまでじっとしていることにした。

武器の感触を確かめていたメンバーが戻ってくると、シンは彼女たちからちょっとした違和感や、もう少しこうしてほしいといった要望を聞いて、調整を行った。

その後はアクセサリーの作製だ。ただ、『神代《かみよ》のイヤリング』をはじめとした〝人に言えないスキル〟が付与されているものについては、レトネーカにも席を外してもらう。

すべての作業が終わるころには、日が暮れていた。

自然のある階層は、ダンジョン内でも昼夜の変化がある。

日が暮れてから移動するのは危険なので、今日は拠点を移さずに休むことにした。

食事の時間まで、シンはアルマダイトを使った試作を行う。この金属はキメラダイトよりもはるかに硬く、いくら熱しても変形する気配がない。

魔力を込めて打ち付けると、多少は変形するようになったが、力任せなやり方では指輪のような小さなものへの加工は難しいと言わざるを得ない。

「やっぱり月の祠の設備じゃ無理か。硬すぎるだろ」

癖のある素材のように、加工しようとする者がダメージや状態異常を受けるといったものはない。その部分では扱いやすいのだが、形が変わらないのでは加工のしようもなかった。

「仕方ない。妥協はしたくないが、土台作りって思うことにするか」

シンはキメラダイトを取り出して、指輪に加工していく。

見た目は黒いキメラダイトだが、表面の色を変えるくらいはできる。

シュニーの髪と瞳の色をイメージして、銀色をメインに、薄い青のラインを描く。

濃い青色の魔石を一つはめ込んで、最後に光の反射を鈍らせる付与を行う。きらきら光っては隠密行動の邪魔になるからだ。

自分の分は黒い表面はそのままに、紫色のラインを引く。

シュニーは瞳と髪で色が違うが、シンで同じデザインにしようとすると、真っ黒になってしまう。その色合いはどうかと思ったので、本気になった時の魔力の色を参考にした。

はめ込む魔石はシュニーと同じ色のものを採用する。

「付与は……そうだな。壊れないことは大前提として、お互いの位置がわかるようにしておくか」

ピンポイントでシンだけ転移させられることが、この先ないとは限らない。

また、イベントアイテムやモンスターの能力によって、シュニーが連れ去られたりするかもしれない。一度行方不明になりかけたことがあるので、それを防ぐ意味でも、この機能をつけておこうと思ったのだ。

「所有者設定は当然として、あとは……回復系かな」

継続回復系のスキルをありったけ詰めておこうと、シンはあーでもないこーでもないと考えを巡らせる。

結局彼は、シュニーが夕食の準備ができたと呼びに来るまで作業を続けた。

――食事の後。

サブウエポンや予備の武器作りなど、一通りの準備を終え、あとは明日に備えて眠るだけ……そんなタイミングで、シンの感知範囲に強い反応が現れた。

窓の外に何かいる。しかし、結界系のスキルによって、モンスターは近寄れないはず。そう思いながら窓の方を見ると、フルベガスが手を振っていた。

「まじかよ」

結界をすり抜けているのは、ここがフルベガスの領域のようなものだからだろうか。

しかし、少なくとも敵意はなさそうなので、シンは警戒しつつ窓を開いた。

すると、フルベガスは窓辺に肘を乗せて話しかけてくる。

「こんばんは。こんな時間にごめんなさいね」

窓枠の上に乗った双丘が柔らかさを誇示するが、今は視線を奪われている場合ではない。

「聞きたいことがあったから、こっちとしてはむしろ助かるんだが、ダンジョン内で接触してくるって、ルール的にありなのか?」

ゲーム時は最終エリアのボスとして出てくるパターンはあっても、途中で遭遇したという話は、シンも聞いたことがなかった。

「私の方でスロットに少し手を加えちゃったから、その説明に、ね」

「やっぱり装備破壊は意図的なものだったか。でも、わざわざ説明に来るほどの理由があるのか？」

「しなくてもいいけど、私のわがままに付き合わせちゃったから、説明くらいはしないとね」

「わがまま？」

装備破壊と何が繋がるのだろうかと考えたが、フルベガスの情報自体が少ないので、推測も難しかった。

「あの子に武器を打つ様子を見せてあげてたじゃない。私の目的はそれよ」

「あの子って、もしかしてレトネーカか？　知り合いって様子じゃなかったと思うが」

「初対面なのは間違いないわ。私が一方的に知っているだけだもの」

「どういうことだ？　もしかして、パルダ島にいたのか？」

今回の出現場所がパルダ島の近くだったので、シンはそう推測した。

しかし、フルベガスのダンジョンは、ランダムで出現場所が決まる設定だったはず。それに、レトネーカを気に掛ける理由も不明だ。

「私の能力みたいなもので、ダンジョンが出現した場所の周囲をある程度の距離まで俯瞰《ふかん》できるのよ。それで、たまに資源採取に来るあの島のことを見てたの。あの子が気になったのは、たまたまなのだけれどね」

フルベガスもレトネーカが特殊な存在だとわかるという。それが理由で、レトネーカが外に出ている時は様子を見ていたらしい。

「鍛冶師としての才能があるのは間違いないわ。黒の派閥は長い間あの採取場所を使っていたから、歴代の構成員も知ってるし、彼らの作品も見てきた。それらと比べても、レトネーカの作品は見劣りしない。実力は……今は無理でも、いずれは歴代トップに立てるほどの才能がある」

「ずいぶん買っているんだな」

神獣にここまで言わせるのは大したものだ。

現状では優秀な鍛冶師という評価だが、普通の鍛冶師では越えられない壁を越えるだけの才能はあるようだ。

生まれの特殊性も関係しているのだろうが、どちらにしろ本人がやる気にならなければ意味はない。

「あの子が悩んでいるのはわかっていたんだけど、ここからじゃ何もできないのよね。だから、あなたが島の外に彼女を誘ってくれてよかったわ」

「そういう意図はなかったんだがな」

「偶然を利用させてもらっただけよ。近くまで来てくれれば、あとは私の力で引き寄せられる。一応言っておくと、装備破壊以外は全部ランダムだからね。あなたが小さくなったのは、あなたの運がそれを引き寄せたの」

「わかってるよ。そこに文句を言う気はない」

装備破壊のデバフだけが不自然に揃いすぎていたのだ。

それ以外は、皆別々のデバフを受けている。

「他には手を加えてないんだよな？　この先のモンスターが通常より強化されているとか、そういうのはやめてほしいんだが」

シンが念押しして確認すると、フルベガスは肩を竦めて答える。

「そんなことはしないわよ。ダンジョンの売りがなくなっちゃうじゃない。このエリアのモンスターが強力なのも、偶然よ」

「それならいいが……それで、伝えに来た内容はそれだけか？」

「伝えたかったことはそれだけよ。ただ、そうね。お礼というわけじゃないけど、最終エリアをクリアできたら、アイテムの他に情報もあげる」

ウィンクしながら言うフルベガスに、シンは胡散臭《うさんくさ》いものを見る目を向ける。また騒動への布石になりそうな予感がしたのだ。

「そんなに嫌そうな顔をしないで。あなたにも決して損な情報じゃないわ」

「概要くらいは教えてもらえるのか？」

「ええ、情報の内容は、あなたの従魔についてよ」

「ユズハについてだと？」

瘴魔《デーモン》をはじめとした敵対的なモンスターの情報かと思っていたシンは、ユズハのことと聞いて思わず身構える。

どうにも、良い予感がしない。

「あなた、向こうに戻る時にあの子も連れて行くんでしょ？　でも、このままだとちょっとまずいことになるかもしれないわよ」

「どういうことだ」

シンのことを知っているだけでも驚きだったが、ユズハに問題が起こるかもしれないという情報の方が重要だ。

フルベガスの声が一段低くなる。シンは思わず作ったばかりの『真月』を具現化しそうになったが、ここで戦っても、彼の知りたい情報を話してはくれないだろうと考え、思い留まった。

「レトネーカのこともあるし、本当はすぐに教えてあげたいところだけれど、私は一方的に何かを与えることはできないの。形のあるなしにかかわらずね。これは、世界を俯瞰できる能力の代償。多少は融通もきくけど……だから、できればあなたたちには最終エリアをクリアしてほしいわね」

ユズハに関する情報は、融通できる範疇を超えているという。

「今の話を聞いた以上、全力でやる以外にない。ただし、どうでもいい情報だったら承知しないぞ」

「わざわざここに来て話をしているのよ。努力に見合った情報だと思ってるわ。でも、それを知らなかったとしても、すぐに影響があるわけじゃないの。この情報も私以外に知ってる子はいる。やる気が空回りしないことを願ってるわ」

そこまで言って、フルベガスは窓辺から離れた。大きく跳んで視界から消える。

シンは【透視】で窓の向こうを見るが、すでにフルベガスの姿はなかった
「ダンジョンのボスのセリフとは思えないぜ」

ただし、やる気は出た。ユズハのことと聞いたので、気楽にやろうという空気は消えている。

シンは窓を閉め、明日に備えて眠った。

†

一夜明けて、万全の準備で出発したシンたちは、エリアボスの支配していた森の端に到達していた。フルベガスとの会話は、朝食の後、皆に伝えてある。

ユズハはなんのことかわからないという顔をしていたが、一瞬だけ目が泳いだのを、シンは見逃さなかった。

事情があるのかもしれないが、レトネーカもいるので、まずはダンジョンのクリアが優先だ。

フルベガスの意図を知り、レトネーカは驚いていた。神獣に目をかけられているとは思っていなかったようだ。

ただ、だからといって、それしか進む道がないというわけではない。レトネーカの持つ才能と、これから彼女が進む道は、同じでなくともよいのだ。

「どこまでやれるかわかりませんが、やっぱりものを作るのは楽しいです。だから、また鎚が持てるようになりたいと思います」

レトネーカの言葉を聞き、シンは良い傾向だと思った。

鍛治の様子を見学させたことが、彼女の意欲を良い具合に刺激したようだ。

そうしてパーティメンバー全員のやる気が上がったところで、現在である。スキルなしで見る範囲では、草原にモンスターの姿はない。

「また草原か。姿を消した奴がいるな」

「森以外のエリアはすべて同じエリア扱いなのかもしれませんね」

姿を消しているモンスターを【探知】スキルで探すと、ポツポツと反応がある。高レベルの個体はあまり群れることがないので、ギギラティスと同等クラスのモンスターがいるのだろうと予想を立てた。

シュニーも姿を消した存在を感知しているのか、シンと同じ方向を向いている。

「多分それだ。ボスと配下しかいなかった森は、ある意味セーフエリア扱いだったか」

「それにしてはずいぶんなお迎えがいたけどね」

ミルトの言う通り、手強《てごわ》い歓迎だったのは間違いない。

「いやらしい距離だね。戦闘が長引くと、周りの奴らが集まってくる距離だよ、これ」

「だなぁ。戦い始める位置を考えないと、初手で複数を相手にしなきゃならなくなる。面倒な配置

をしてくれるぜ」

感知系と視界に作用するスキルを併用して、敵モンスターの分布をメモ用紙に記録していく。エリアの端までとはいかないが、移動する分には十分な範囲だ。

「こちらも姿を消して移動しますか？」

シュニーの確認に、シンがうなずく。

「行けるところまではそれで行こう。この手の奴らは自分と同じ戦法をする奴を見つける能力も高いから、見つかったらそこまでだ。速攻で倒して先に進む」

装備が整った今なら、より早く確実に仕留められる。

もちろん相性もあるので、すべて一撃でなどということはない。

距離を稼げるだけ稼いだら、あとは【探知】を頼りにモンスターの少ないルートを進む。

モンスターのいないエリアを歩いていくと、それに合わせてマップ上の反応も動き始めた。姿を消していても、存在を感知しているのだろう。

「ちょっと敵の動きがよくないな」

「囲もうとしていますね。同じ種族なのでしょうか」

シュニーの言う通り、マップ上の反応がシンたちを中心に囲むように動いている。二階層で最初に戦ったギギラティスは、群れを作らないタイプだから、こういう連携した動きは見せないだろう。

このエリアに他のモンスターがいてもおかしくないが、反応すべてがそうというのも、違和感が

ある。

「包囲が完了するのを待ってやる理由はない。速度を上げて正面突破しよう」

まだ包囲網には穴がある。シンの指示に従い、一行は加速する。

ティエラはカゲロウに、レトネーカはユズハに乗り、一気に駆けた。

先頭はシンが進み、遠距離攻撃を障壁で防ぐ。飛んでくるのは針や爪。どれも攻撃が当たるまで姿が見えない。

「正面の敵に魔術を放ちます。注意してください」

「僕もいくよ！」

シュニーの雷撃と、ミルトの風刃《ふうじん》が、シンたちの先で待ち構えていたモンスターに直撃する。捕捉されているとは思っていなかったのだろう。正面にあった気配が消える。

「一撃？」

「手応えがありません。幻影の類でしょうか」

あまりの手応えのなさに、ミルトとシュニーが顔を見合わせる。

「ダメージは少なくていいから、広範囲攻撃をしてみてくれ」

幻影なら、それで消える。

シュニーが水術系魔術スキル【雪霰《ゆきあられ》】を発動し、小さな氷の礫《つぶて》をばら撒く。反応のあった場所に着弾した礫は、モンスターに当たることなく消えた。

「決まりだね。でも、シンさんたちでも完全に見破れないって、相当じゃない？」

「隠蔽《いんぺい》特化タイプのモンスターなんだろうな。昆虫タイプなら思い当たるのがいくつかいる」

ミルトに答えながら、シンはいくつかの候補を思い浮かべる。

ギギラティスの時はエリアの切り替わる瞬間を狙われたので察知が遅れたが、同じフィールドに距離が離れた状態でいれば、視覚に作用するスキルで幻影は見破れる。

ただ、シンの言う隠蔽特化タイプは別だ。一部の能力を犠牲《ぎせい》にしてハイヒューマンでも見破れない幻術を展開するモンスターは数種類存在する。

「あとは、ダンジョンの恩恵を受けている、でしょうか」

シュニーが口にした意見に、シンも同意を示す。

「まあ、どちらかといえばそっちの可能性の方が高いな。俺の知っているやつって、特定のエリアから出てこないし」

ダンジョン内ではモンスターの能力が強化されることがある。これはフルベガスのダンジョンでも存在するギミックだ。

ただし、ギミックが発動しているか否か、そこすらも運が絡んでくるので、確定というわけではない。

「幻影を出してくるだけなら、ボスは無視して先に進んじゃっていいんじゃない？　ボス討伐がエリア突破条件じゃないでしょ」

「ああ、ここはボスが多くて戦闘が多くなりやすいエリアだろうからな。俺もミルトが言ったやり方でいいと思う」

階層のクリア条件は構造を見ればおおよそ見当がつくのが、フルベガスのダンジョンの特徴でもある。

一階層は移動そのものが目的なのはよく知られている。

謎解きが必要な階層なら入口でそうとわかるし、ボスラッシュエリアなら闘技場のような見た目なので、こちらもすぐにわかる。

広いエリアでモンスターがあちこちに配置されているというのは、消耗を強いてくるエリアの特徴だ。そしてこのタイプのもう一つの特徴として、次の階層へ向かうのに特殊な条件がないというものがある。他の階層のように、ボスを倒す、ギミックを解くといった行為が必要ないのだ。

「でも幻影の中に本物が交じっている可能性は高い。警戒を維持しつつ、遠距離攻撃をしながら進むぞ」

シンたちは遠距離攻撃を主体に、スピードを上げて草原を進む。

姿が見えなくともマップ上で位置は確認できるし、気配もする。シュニーとシンで魔術を撃ち込み、幻影でなかった場合のみどちらかが距離を詰めて速攻で倒していった。

進むうちに、幻影の数が増えていく。これは、幻影を生み出すモンスターの本体が近づいていることの表れだ。

ティエラがシンに不安を訴える。

「ねぇ、このまま進んで大丈夫なの？　幻影もそうだけど、幻影に交じってるモンスターも増えてない？」

「ああ、本体に近づいているんだろうな。包囲の薄いところを突破してきたつもりだったけど、誘導されていたか」

「それ、まずいんじゃ……」

「今のメンバーとデバフ状況なら問題ない。問題なのは、三階層に下りる階段が見つからないことだ。この際、幻影の本体が守っていたりすると楽なんだがな」

宝箱を守るためにモンスターが配置されているのは珍しいことではない。心配しているティエラをよそに、シンはむしろそうであってほしいと願っていた。

「そういえば、目的の場所がわからないんだった」

「そこがいやらしいところでもあるんだよね。運が悪いと、エリア中を歩き回らないといけなかったりするから」

戦いに集中していてどこに向かっているか忘れていたティエラに、ミルトがなんだかなぁと話す。

エリアのどこに次の階層への階段が生成されるか。これもまた、運なのだ。

「効率で言えば、外周を回ってから、後はマップ未開拓のところを端から詰めていくのがいいんだけどな。幻影を出すタイプって、宝箱や階段の守護者みたいなことをやっているパターンもあるか

ら、俺はその可能性に賭けて、このまま進んでいるってところはある」

「森林エリアに入るために、草原突っ切ったもんね」

装備が破壊されていなければ、根気よく外周から詰めていく方法をとっただろう。エリアは広いが、ダンジョンである以上、一定範囲の広さに限られている。しらみつぶしにすれば、必ず次の階層への階段を見つけられるのだ。

とはいえ、今のパーティの状態ではそこまで余裕はない。

ちなみにこのタイプは、プレイヤーからは〝ハズレ階層〟だと言われていたりする。

「そっか。最初みたいに一本道ってわけじゃないものね。てっきり、シンには次の階層の階段がわかるんだと思ってたわ」

「階段がある場所は毎回違うからな。法則があればよかったんだが、ないっぽいんだよ」

検証班と呼ばれるプレイヤーが法則を探ろうとしていたが、結局パターンは判明しなかった。

なので、生成場所はランダムだと言われている。

「そろそろ、戦闘に集中した方がいいかな」

「そうだな。もう姿を消している奴の大半が幻影じゃなくなっている」

話をしつつも、シンたちは速度を緩めなかった。

本体の近くに来ているのは間違いないと、シンは判断する。

「でかい反応あり。前方右奥だ」

進行方向の先に、周りのものよりも大きな反応があった。取り囲む小さな反応も、他の場所より明らかに多い。

「当たりかな？」

「だろうな。ここは手加減抜きだ。一気に叩こう」

「では、私が先手を。姿が見えない以上、囮《おとり》の可能性もありますので」

「頼んだ、シュニー」

ミルトたちに周囲の対処を任せ、シンとシュニーで魔術を発動させる。

まずは宣言通り、シュニーが先手だ。

右腕を頭上に掲げると、空中に水滴が生じる。

それがみるみるうちに大きくなり、５メルを超える巨大な水球となった。

シュニーが右腕を本体がいると思《おぼ》しき場所へ向けると、水球からいくつもの水柱が伸び、空中を進んでいく。

――水術系魔術スキル【フロード・ファング】。

目的の場所まで伸びた水柱の先端は巨大な口と牙へ変わり、本体がいるだろう場所へ襲いかかる。

その一本が、突然真っ二つになった。掻《か》き消えるように、水柱が消滅する。

「当たりのようです」

「助かるぜ」

攻撃したことでモンスターの隠蔽が解ける。それによって、幻影を出していたモンスターの正体が露わになった。

「アシュマンドか」

その姿は蜘蛛の腹部から蟷螂の半身が生え、背中には蜻蛉《とんぼ》に似た翅《はね》を持つキメラのようなモンスターだ。頭部は蟷螂を鰐《わに》みたいに変形させた形をしており、牙には毒がある。

シュニーの放った【フロード・ファング】を切り裂いたのは、背中から生える大鎌付きの副腕だ。本体の腕よりはるかに長くて切れ味の良いそれは、魔術を打ち消す効果を持っている。水柱が消えたのは、この鎌の能力だ。

「なんで、こんな障害物もないところに配置したんだろ」

ミルトが口にした疑問に、レトネーカが反応する。

「何かあるんですか？」

「いや、ちょっとかわいそうというか。もっと輝ける場所があったというか」

アシュマンドのレベルは８８３。まともに戦えば周りの小型個体と合わせて厄介な相手ではある。しかし、それは戦闘場所がもっと狭い場所だったらの話だ。

「仕掛ける」

「了解です」

シンがアシュマンドの頭上に手をかざす。すると、モンスターたちの頭上にバチバチと音を立て

て雷球が発生した。

それを確認したシュニーが、パチリと指を鳴らす。

するとモンスターたちを襲っていた水柱が形を失い、大量の水が降り注いだ。

モンスターたちの注目は突然出現した雷球に集まっており、攻撃力を失った水は気にもとめていない。

アシュマンドもその大鎌で雷球を切り裂かんと、攻撃のタイミングを探っているようだった。

しかし、雷球はアシュマンドでも他のモンスターでもなく、地面に向けて落下する。

――雷術系魔術スキル【サンダー・ボム】。

地面に触れた瞬間、爆風の代わりに電撃が四方八方に飛び散った。

無差別に飛び回る電撃は、シュニーが水柱を崩して巻いた水を通ってモンスターに襲い掛かる。

使い古された手法だが、効果は抜群だ。魔術によって生成された水はとくに電属性と相性が良い。

そのため、水をかけてから電撃を浴びせると、ダメージが通りやすくなる。

【サンダー・ボム】と水属性攻撃の相性の良さは有名で、電撃の指向性がなく、無駄になる部分の攻撃を、水を使って対象に集中させるという効果があった。

「締めだ」

シンが右手を引いて槍を投げるようなフォームをとると、彼の手のひらの上に火の玉が出現する。

青く輝くそれを、シンは空高く投げ上げた。

閃光となって空に上った火球は、途中で分裂を始める。
十、五十、百とその数を増し、空高く進んでいた火球はやがて進路を変え、アシュマンドたちに向けて落ちてくる。
――炎術系魔術スキル【アヴァランチ・フレア】。

火の玉で形成された雪崩《なだれ》は、進行方向にあったモンスターたちをまとめて呑み込んだ。

【サンダー・ボム】によって動きが鈍っている状態では、アシュマンドも自慢の大鎌を存分に振るえない。次々と降ってくる火球に押し潰され、その場から動くこともできなかった。

アシュマンドのＨＰが勢いよく減っていく。

隠蔽能力の代償に、アシュマンドは魔術攻撃に対する抵抗力が低い。大鎌はそれ補うための能力だったが、シンとシュニーがやったようにして弱らせれば、あとはただの的であった。

「圧倒的、ですね」

「狭い場所ならここまで簡単じゃないんだけどね」

爆音に混じって、レトネーカとミルトの声が聞こえる。

周りのモンスターはユズハとティエラの遠距離攻撃で近寄ることもできないので、話をする余裕があった。

「一応言っておくけど、あれを普通だと思っちゃだめだよ？　正面から切り合ったら、かなり強いんだから」

実際その通りで、アシュマンドは洞窟《どうくつ》のような射線が限られている場所では恐ろしい強さを発揮する。弱らせ方がわかっていても、実行するハードルが違うのだ。

だが、今回はいくらでもやりようがあった。ゆえに、この結果である。

アシュマンドが倒れると、攻撃の範囲外にいたモンスターやティエラたちが戦っていたモンスターは、シンたちから離れていった。

「ここが草原ステージだったのはラッキーだったな」

「ヒヤリとしたのは、最初の奇襲くらいでしたね」

シンはシュニーとともに素材を回収しながら、周囲を見渡す。

もしアシュマンドが階段を守るガーディアンの役目も持っていたら、近くに目的のものがあると思ったのだ。

「お、こいつはツイてる」

シンはアシュマンドのいた場所の後方50メルほどの場所に、下りの階段を見つけた。本当にガーディアンだったらしい。

「思っていたよりも、簡単に見つかりましたね」

階段を探すのに苦労するかもしれないと話していただけに、あっさりと見つかって、シュニーも少し困惑気味だ。

「そうだな。まるで正解のルートに誘導してもらったみたいだ」

シンたちは突破しやすい場所を進んだつもりだった。

途中でアシュマンドが待ち受ける場所に誘い込まれたかと思ったが、戦うにしてもあまりにもシンたちに有利。そして終わってみれば、そばには階段がある。早く先に進めと言わんばかりの状況だった。

「シンが今朝話していた、意図的にデバフを与えたことへの配慮でしょうか」

「かもしれないな。わざわざ説明に来たくらいだ。フルベガス自身も良くないって思っていてもおかしくない。まあ、本人に聞かないとわからないけどな」

どちらにしろ、二階層が楽に攻略できたのは事実。フルベガスの仕業《しわざ》でも、単純に運が良かっただけでも、結果は変わらない。

シンたちは軽く休憩してから、先に進むことにした。


階段を下りると、お馴染みとなったスロットが姿を見せる。

「さて、運試しだ」

シンたちは順番にスロットを引いていく。一度目は全員が行動に支障のないデバフを引いた。しかし、二度目はそうもいかなかった。

シン、ミルト、ティエラ、ユズハがそれぞれ全ステータス半減、魔術スキル封印、武芸スキル封印、HP・MP半減というデバフを引いてしまったのだ。

全身に重りでも乗ったような感覚に、シンは思わず眉をひそめる。

「これはきついな。一気に体が重くなった」

装備で多少は補えるとはいえ、半減は大きすぎる。

最終エリアで出てくるボスは、レベルもランダムだ。

シンが大きく弱体化した現状でも、倒せないということはない。しかし、今までと同じ戦い方というわけにはいかないのだ。

「僕やティエラちゃんもきついよ。魔術と武芸、片方が完全封印されてるから、複合スキルも使えないし、戦略の幅も狭くなっちゃう」

腕を組んで顔をしかめるミルト。ユズハも弱体化の感覚が嫌なようで、毛を逆立てている。

「私も、体から何かが抜けていく感じがして気分が悪いわ」

「これが仕組まれたものじゃないなら、ちょっとまずいな」

総合的な戦闘力が、かなり下がっている。フルベガスからユズハのことを聞く前なら、これも運が悪かったで済ませられるが、知ってしまった以上、簡単には引き下がれない。

「とりあえず、次の階層に進もう」

スロットのあるエリアに長居はできない。次の階層がどういうエリアか確認するために、シンたちは階段を下りる。

「一階層みたいなタイプならいいんだけどな」

そうつぶやきながら、シンは歩を進める。

三階層に入ると、まず目に入ったのは石でできた壁が一直線に伸びている光景だった。

「迷宮タイプ、かな？」

「多分な。似たようなのに当たったことがある」

ミルトの指摘に、シンがうなずく。

迷宮タイプは、文字通り入り組んだ迷路を進んで、階段にたどり着けばゴールというもの。

罠の多いステージで、水が噴き出して濡れる、たらいが落ちてくるといった悪戯のようなものから、落とし穴や壁から飛び出す矢などのオーソドックスなトラップまで、その内容は千差万別。フルベガスの生成するダンジョンの中で、一番出てくる確率が高いと言われていた。

「ここでアシュマンドが出てたら、厄介だったね」

「そうだな。でも、他にも面倒な奴はいるし、油断はしないようにな」

「もちろんだよ。でも、シンさんもいつもの調子で前に出すぎないでよ？　装備の補正があるって言っても、ステータスは僕より弱くなっちゃってるんだから」

「わかっているさ。相手にもよるが、正面からやり合うのはきつい奴も出るだろうしな」

言われなくとも、と思うシンだが、多少どころではない弱体化なので、どこまで戦えるのかわからない部分も多い。

スロットによるデバフでステータス半減は、古代級《エンシェント》の装備をつける際のステータス不足による

ペナルティの判定外なので、マイナス補正は発生していない。そのおかげで、シンの装備補正はミルトより高い。

　しかし、いくら装備が良くても、ステータス半減はあまりにデメリットが大きい。現状ではシンよりもミルトの戦闘力の方が高かった。

　ギギラティスやバージスパイダーを倒したように、正面から叩き伏せるという戦い方が難しいのは、シンも承知している。

「私が前に出ます。シンは後ろから援護をお願いします」

「それしかないか。了解だ」

　罠の感知にもステータスは影響する。今のシンでは見破れない罠も出てくるので、シュニーに任せることにした。

　もともとシュニーのメインジョブであるくノ一は、戦闘もできる斥候職《せっこうしょく》といっていい。罠の感知にも職業補正がつくので、こういったステージでは一番輝く存在だ。

　ちなみにシンのメインジョブである侍《さむらい》には、罠感知に関する補正はない。シンがシュニー以上の感知能力を発揮できたのは、上限突破の高ステータスによるゴリ押しである。

「この狭さだと、射線を通すのが難しそう」

　通路を歩きながら、ミルトと会話していたティエラが、天井や左右の壁を見ながら言った。

　草原と違って動ける範囲が限られているので、前衛のシンたちを避けて矢を射るには難度が上

がっている。

「味方が敵と重なりやすいからね。こういう時は、あらかじめ合図を決めておいた方がいいんだけど、どうしようか」

「ステータスが半減してなきゃ、こっちで避けるって言えるんだがな。とりあえず、〝撃つぞ〟って一声かけてくれればいい。シュニーとミルトはどうだ？」

「問題ありません」

「僕もそれでいいかな」

敵と戦力差があれば声をかけ合うのもいいが、デバフによってその余裕はなくなりつつある。

シュニーは飛んでくる矢を察知して避けるくらいは簡単にやるだろう。シンも察知するまではできるが、かわせるかと言われると、今のステータスでは心もとない。

しかし一声あれば、その余裕も生まれるはずだった。

「罠が多いのはシンの話でわかったけど、モンスターはどうなの？　上の階層で出てきたようなモンスターだと、全部倒さないと進めなさそうだけど」

「ティエラの心配はまさにそれでな。アシュマンドは、むしろこういうステージで出てくる奴なんだ」

草原で出たのは単純に運が良かったのか、フルベガスの干渉によるものか。

フルベガスによるものだとしても、もう同じことはないだろう。シンの勘だが、このステージで

は本当に運が試されると思っていた。

「あれを全部倒さないといけないなんて、考えたくないわね」

「そうだねー。あれがいっぱい出るダンジョンは、すべてのモンスターが隠蔽能力を持った〝暗殺ダンジョン〟なんて言われたよ」

「そんなのがあるんですか……」

ティエラとミルトの話を聞いていたレトネーカが、顔色を悪くしている。

隠蔽能力の厄介さを、身をもって味わっているだけに、そんなダンジョンには行きたくないとティエラも身を震わせていた。

プレイヤーの評判も悪かったので、シンも彼女たちの気持ちは良くわかった。

「止まってください。罠です」

すでに何度目かもわからないシュニーの警告に、シンたちは足を止めた。

どうやら避けて通るのは難しいタイプの罠のようだ。解除をシュニーに任せ、シンたちは通路の前後を警戒する。

罠は直接ダメージを与えるタイプが一番多いが、足止めや転移などの妨害をしてくるタイプも少なくない。

「後ろから来る気配はないな」

後方を警戒するシンの声に、ミルトがしみじみと応える。

「ここで来るのが一番面倒だからね」

罠を解除しているところを狙ってくるモンスターもいる。

迷宮タイプのエリアのいやらしいところは、罠も避けて通れない、または解除そのものが難しいというパターンが多いことだ。

モンスターに押されて下がると罠を発動させてしまって、全滅……なんて事故は珍しくなかった。

「終わりました。進みましょう」

シュニーに促され、シンたちは先に進む。

しばらく行くと、一本道だった通路が二手に分かれていた。

「どっちに行く？」

ミルトに問われ、シンがそれぞれの通路を見分する。

「正解のルートを示すような目印は……ないな」

まれに正解のルートを示す目印、兎の印が彫られていることがあるのだが、今回は見当たらない。あったらラッキー程度の感覚なので、ないならないで進むだけだ。

「勘しかないか。シュニー、頼んだ」

「私ですか？」

このダンジョンに来てから一番運が良いのはシュニーだと、シンは思っている。ステータスで設定した幸運値が高いのもあるだろうが、これまで行動に支障が出るようなデバフをほとんど受けて

いない。

　少なくとも、自分が決めるよりもいいだろうと、シンは判断した。

　デバフの内容という意味ではレトネーカも悪くないのだが、さすがに彼女に行き先を決めさせるのは酷だろう。

「当たり外れは気にしなくていい。誰がやっても結果はわからないからな。ただ、現状一番幸運な奴がやった方がいいと思うんだ」

「わかりました。幸運を祈っていてください」

　シュニーは通路に立って、左右の道を見比べる。シンには違いと言えるものは見当たらない。ステータス半減の影響か、通路の先にも感じるものはなかった。

　一分ほど考えて、シュニーは右の通路を選んだ。

「よし、ならそっちに進もう」

　シュニーを先頭に、通路を進む。相変わらず罠は多いが、シュニーの探知能力で事前にわかるので、攻略は安定していた。

「調子はどうだ？　疲れを感じたら言ってくれよ」

「このくらいなら平気です。むしろ、いつもより調子が良いくらいですね。〝これ〟のおかげでしょうか」

　そう言って、シュニーは左手を胸の前に持ってくる。薬指には、シンが作った指輪が鈍い輝きを

放っていた。

今朝、朝食前にシュニーにこっそり渡したのだ。

試作品であり、このダンジョン内限定のものではある。それでも、シュニーはとても喜んで、嬉しさのあまりシンを抱きしめた。普段とは体格が違っているせいで、シンは胸の中に顔を押し込められる羽目になった。

調子が良いのは、装備としての指輪の効果だけではないだろう。

そんなシュニーとシンを後ろから見てくるのは、ミルトである。

朝食の席で、シュニーの指輪に真っ先に気づいたのは彼女だった。

その時も【心話】で聞いてきただけで、皆に聞こえるように声に出したりはしなかった。とはいえ、ミルトにも思うところがあることくらい、シンもわかっている。

「じー」

羨ましい。言葉にしなくてもわかるくらい、ミルトの視線はシュニーの指輪に注がれていた。

「チョットシタ、試作品ダヨ」

「めちゃくちゃ棒読みだー」

茶化すわけにもいかないので、シンは指輪の次に自分へ向けられた視線から逃れるように、明後日の方向を向いて喋る。自分でもわかるくらい、わざとらしい声だった。

「試作品なのは本当だぞ」

「それなら量産もできるんじゃないの？」

「したら絶対同じ指につけるだろ」

「そうしたいのは山々だけど、まだシュニーさんの許可が出てないから」

ミルトはシュニーの方を見ながら言う。

シンもシュニーの様子を窺《うかが》うと、ニコリと擬音が聞こえそうな笑顔を向けられた。表情は笑っているのだが、心なしか冷たさも感じる。

どうやらシュニーとミルトの間ではすでに互いの〝格付け〟が完了しているらしい。

「あれ？　俺の意思は？」

「僕のこと嫌い？」

あざとい仕草で聞いてくるミルトに、シンは顔をしかめる。

「その質問は卑怯《ひきょう》だろ」

好き嫌いの二択を迫られて、嫌いと言えるわけがなかった。

性格だって悪くないのだ。出会う順番次第では、ミルトが〝そういう相手〟になっていてもおかしくない。

しかし、今はシュニーが一番だ。単純な装備としてならともかく、特別な意味を持つ指輪を贈るわけにはいかない。

「この話はここで終了だ。まずはダンジョンをクリアするのが先」

「わかってるよ。言ってみただけ」

そうは思えないんだよな……と肩を竦めながら、シンは離れていくミルトを見送った。

彼女が魅力的なのは間違いないし、惹《ひ》かれる自分がいるのも否定できない。だが、来る者拒まずなんてできるほど、自分は器《うつわ》の大きい人物ではないこともシンにはわかっていた。

「あまり、隠さなくなりましたね」

シュニーもまた、ミルトがシンに好意を寄せているのは知っている。むしろ、シンより早く気づいただろう。最初はそれほどでもなかったが、今ではすぐにわかるくらい言葉と態度で示していた。

「そうだな。悪い奴じゃないんだ。ただ……な」

いくらミルトが魅力的でも、シンとしては、シュニーがいるのに手を出す気はない。元の世界に戻ることも決まっているのだ。倫理観をこの世界準拠にするわけにもいかない。

「……私は、構いませんよ」

「シュニー？」

まさかそんなことを言ってくるとは思わず、シンはミルトに向けていた視線をシュニーに戻す。

「誰がそばにいても、私が一番だということは変わりません。シンの視線が誰に向けられても、最後は私に戻ってきますから」

シュニーの表情は、圧倒的な自信に満ちていた。

その輝きに、シンは思わず見惚れてしまう。

「っ！　まさか、シュニーからそんなセリフが出てくるとは思わなかったよ」

呆けていたことに気づいてハッとする。ミルトのこともＯＫだと取れる内容にも驚いたが、そう言えるだけの魅力をシュニーが持っているのも事実だった。

シュニーの言う通り、どれだけ魅力的《みりょくてき》な相手と出会っても、最後はシュニーを選ぶだろうと、シン自身が納得している。

「ほらほら、いちゃついてないで先に進もうよ。ティエラちゃんたちが近寄れなくて困ってるよ」

ティエラたちの方へ行っていたミルトが、いつの間にか戻ってきていた。

「いや、悪い。ここまで順調だったから、少し気が抜けていたな。ここからは真面目にいく」

「そこは僕も人のことは言えないんだけどね」

警戒を怠《おこた》っていたつもりはないが、気の緩みがあったのも事実。シンは意識を切り替えて、ダンジョン攻略に集中することにした。


代わり映えのしない景色にうんざりしたのか、ティエラがシンに声をかけた。

「ねぇ、シン。この迷宮タイプって、どのくらいの広さがあるの？」

「それもまた運次第。聞いた話だと、一直線の通路がそのままゴールに繋がっていたってこともあるらしい」

「それって迷宮とは言えないんじゃ」

「まあ、ただの通路、だな」

真実かどうかはわからない。あくまで攻略サイトに載っていた情報の一つだ。ゲーム時の情報によると、平均して一時間程度でクリアできるとあった。

「今のダンジョンは、俺の知識通りとはとても言えない。広さが段違いなんだ」

フルベガスのダンジョンは転移ポイントなどなく、一度入ったらクリアするか全滅するかしないと外に出られない。なので、複雑な構造のエリアだと時間が掛かりすぎて、ごく一部のプレイヤーしか満足に遊べなくなってしまう。それではコンテンツとして不親切すぎる。

そのため、通常エリアのダンジョンに比べて、フルベガスのダンジョンは非常に狭く設定されていた。それでも罠とギミック、モンスターによっては軽く全滅してしまうのだが、それも運が絡むギャンブルダンジョンというコンセプトゆえに許容されていた。

今のシンたちのように、攻略に何日もかかるような広さではない。この変化は、ゲームが現実になった影響だろうとシンは思っていた。

（イベント用のダンジョンではなく、もっと大掛かりなアップデートの予定だったのかもな）

ゲーム時の姿は、本来の設定より制限されたものだったと考えれば、この広さにも少しは納得できる。プレイヤーの満足度と、売上。どちらも気にしなければいけないのは、ゲーム会社の宿命だろう。

「一階層はそうでもなかったけど、二階層はわかりやすいくらい違っていたな。俺の感覚で言うと、

二階層は想定の五倍くらい広かった」

「そんなに!? じゃあ、この迷宮も」

「同じくらい広い可能性はあるだろうな。もちろん、もっと狭い可能性もある」

これればかりは進んでみないとわからない。通った道はマップに記録されるので、同じ場所をぐるぐる回ることがないのが、せめてもの救いだろう。

ちなみにマップ使用不可という、プレイヤー泣かせのダンジョンも存在するのだが、さすがにそこまでやると不満が出ると、運営もわかっていたのだろう。フルベガスのダンジョンにはその設定はされていなかった。

マップ使用不可のダンジョンは、自分でマップを作成するという行為が本当の冒険のようで面白いと感じるプレイヤーには好評だった。だが、そこまでのリアリティは求めていないというプレイヤーからは不評だった。

シンの感覚では、不評の方が多かったと思う。あえて面倒な行為を楽しむというのは、やはり好みが分かれるのだろう。

「止まってください」

再びシュニーからストップがかかる。

また解除に時間がかかるタイプの罠があったようだ。シュニーが解除に取りかかると、シンたちの後方にモンスターの気配が現れる。

どこから現れたのか、三つの反応が近づいてきていた。

「そう何度もゆっくり解除させてくれないか」

シンはミルトとともに前衛に出て、ティエラたちには後方から援護を頼む。

「モノタウロスか」

通路の奥から現れたのは、牛の頭と下半身、人の上半身を持つ半獣半人のモンスター。ミノタウロスと違うのは、頭の角が額から伸びる一本のみという点。武器はそれぞれバトルアックス、細剣、棒の先に四角柱の鉄塊がついたメイスを持っている。

それぞれ、モノタウロス・ファイター、モノタウロス・フェンサー、モノタウロス・プリーストだ。レベルはどれも500前半。今のシンでも問題ない相手だ。

「■■■■■■■■■■■■——ッ‼」

モノタウロスの咆哮がシンたちの耳朶《みみたぶ》を打つ。

三体分の咆哮が通路に反響して、実にうるさい。

レトネーカは思わず耳を押さえ、ティエラも顔をしかめている。一時的に聴覚を麻痺《まひ》させる効果もあるのだ。

シンとミルトは咆哮にはひるまず、前に出る。

「ティエラは可能なら奥のメイスを持っている奴を狙ってくれ！」

「わかったわ！」

シンはティエラに指示を出しながら、距離を詰めた。ミルトがファイター、シンがフェンサーを相手にする。

向かってくるシンを認識したフェンサーが、手にした細剣の切《き》っ先《さき》を向けた。一流の剣士のような隙のない構え。シンの目には、細剣が点のように見える。

その点が一瞬だけぶれた。

シンは視線の先に『真月』を置く。一秒にも満たない間をおいて、『真月』と細剣が激突した。

細身の剣身が火花を散らして『真月』の上を滑る。わずかなぶれに気づかなければ、そのまま頭に直撃していただろう。

筋骨隆々《きんこつりゅうりゅう》の体躯《たいく》からは想像できない見事な突き。シンの知るゲーム時代のフェンサーより、はるかに技量が高い。

よく見れば、フェンサーの体がわずかだが緑色に発光している。後方にいるプリーストがバフを掛けているようだ。

強化された状態でも、シンは反応できた。それさえわかれば、なんの心配もない。

攻撃が逸らされたと認識し、フェンサーが素早く剣を引く。ただ手元に戻すのではなく、引きながらシンの首を狙っていた。

シンは『真月』と左腕を入れ替える。手甲がフェンサーの細剣を弾き、わずかに引き戻すのが遅れた。

その隙で十分。『真月』の刃が青いエフェクトを纏った。

――刀術水術複合スキル【トライ・エイス】。

『真月』がモノタウロスの右足から右腕、さらに胴を通って左腕、そして腹を通って再び右足へと走る。エフェクトが斬撃に沿ってその場に残り、フェンサーに重なるように青い三角形が描かれた。

ダメージは三割ほど。フェンサーの生命力ならまだ動ける。

しかし、青いエフェクトが輝きを増すと、切られた傷口が一気に凍りついた。

動きの止まったフェンサーにトドメを刺すために、シンは首めがけて『真月』を振る。だが、彼がフェンサーに近づくよりも先に、障壁が展開された。

「プリーストの障壁か」

シンはすぐさま『真月』で障壁を切り裂く。

『真月』の性能ならば、レベル５００台のモンスターの障壁など紙も同然だ。ただ、足が止まるのはどうしようもない。障壁を避けてフェンサーに向かうには、通路が狭すぎた。

凍りついたフェンサーの体が薄く輝く。プリーストによる回復だ。もともとの生命力が高いモノタウロスは、回復の効果も高い。回復役がつくと、それだけで倒すのに苦労する。

みるみるうちに傷がふさがっていくが、それを黙って見ているほど、シンたちのパーティの後衛もぬるくはなかった。

「撃つわよ！」

ティエラの声が響き、ファイター、フェンサーの間を縫うように矢が飛ぶ。一瞬見えたそれは、打撃力を上げたタイプの矢だ。

フェンサーを回復していたプリーストは、すんでのところで狙われていることに気づいて、飛んでくる矢をメイスで受ける。

甲高い金属音とともに、矢が弾かれる。しかし、プリーストもフェンサーにかけていた回復を中断させられた。

それだけで、援護としては十分。

回復を受けたフェンサーは自力で氷を砕こうとしていたが、動きはまだ鈍ったまま。シンの斬撃を防ぐことはできない。

そこへ、ミルトの声が響く。

「プリーストは任せて！」

プリーストが援護をフェンサーに集中した結果、ファイターへの支援が疎《おろそ》かになっていたようだ。

いつの間にか真っ二つにされていたファイターの脇を通り抜けて、ミルトがプリーストに斬りかかる。

プリーストはミルトが振るったオルドガンドをメイスで防ぐが、パワーのある一撃に膝をついている。

ここまで来れば、援護のないフェンサーの首を飛ばすのは簡単だった。

フェンサーを片付けたシンが援護に入るまでもなく、ミルトも数合打ち合った後、メイスを弾き飛ばされて無防備になったプリーストの胴体を真っ二つに切り伏せた。

すべてのモノタウロスを倒したところで、シンは念のために後続がいないかも確認しておく。襲ってくるのが一組だけとは限らないのだ。

「後続は、いないな。よし、戦闘終了」

「この広さだと、一度に戦うのは二人が限界だね」

そう言いながら武器を下ろしたミルトに、シンが応える。

「確かにな。敵も条件は同じだが、魔術士タイプがいると、そうも言ってられないんだよな。ティエラたちはユズハとカゲロウが守っているから大丈夫だろうけど」

盾役を前に出して敵を足止めしている間に、魔術士がダメージを与える。

プレイヤーにとってはよくある戦法だが、敵も同じことをやってくる場合がある。とくに迷宮ではそうなるパターンが多かった。

今回のモノタウロスは三体だけだったが、これはむしろ少ない方で、数が増えればさらに敵の連携が厄介になる。

「ティエラもナイス援護」

「うまくいってよかったわ。練習したけど、本番は緊張感が違うわね」

シンから労《ねぎら》いの言葉を受け、ティエラはほっと胸を撫で下ろしていた。

「矢の重さも違うだろうし、それであれだけ的確に当てられれば十分だ」

「そう言ってもらえると、少しは自信が持てるわ」

褒められたティエラはまんざらでもない様子だ。もっと矢の扱いに慣れて連射ができるようになれば、より戦略の幅が広がるだろう。

「罠の解除が終わりました。戦闘は問題なかったようですね」

前方の罠を処理したシュニーが、再び隊列に加わる。

「今のところは、ってつくけどな。これがギギラティスみたいな奴なら、また違っていたと思う」

今回はレベルも数も苦戦するような相手ではなかった。

しかし、この先はわからない。

シュニーを先頭に、一行は迷宮を進む。分かれ道とモンスターとの戦闘はその後も続き、何度か行き止まりを戻ることもあった。

それからおよそ四時間。一行は大きな広間の前にたどり着いていた。

シンが感じていた通り、ダンジョンの規模はゲーム時とは比べ物にならないほど広くなっている。

マップ機能が使えなければ、どれだけ時間がかかったかわからない。

通路から広間に入る直前で、シンたちは足を止める。

「ここにボスが出ますって感じの場所だね」

中の様子を窺っていたミルトの意見に、シンが同意を示す。

「そうとしか思えないよな。広間の先に階段が見えるし。多分、広間に入ったら中の敵を倒し終わるまで出られないタイプだろ」

広間の先には通路があり、その先に次のエリアへの階段があった。

広間は縦横１００メルの四角形の形をしている。モンスターの姿はないが、ここまであからさまな場所で何も起こらないはずがない。

「俺が知っているやつだと、一定時間生き残るか、出てくる敵を全部倒すかだな」

「僕も同じ予想かな」

全方位から攻撃されるので、パーティの総合力が試される。ここまでレトネーカにはほとんど戦闘に参加させずに来られたが、今回ばかりはそうも言っていられないだろう。

「入る前に、各自装備とアイテムの確認だ。ティエラには矢の補充をしておこう」

「お願いするわ。節約していたつもりだけど、やっぱり減りが早いわね」

迷宮を進む過程で、ティエラの矢は重宝した。

彼女の腕前もあり、戦闘するシンたちの間を縫って敵の後衛を攻撃するという役目をしっかり果たしたのだ。

その代償として矢は減っているが、戦果は十分見合っている。

貫通力を高めたタイプが一番減っていて、次に打撃力を上げたタイプ、他には各属性の付与され

た矢といった按配《あんばい》だ。

物理ダメージを高めるタイプの矢の減りが早いのは、武芸スキルを封じられているというのも理由の一つだが、何よりその汎用性の高さからだ。

霊体《れいたい》のような相手以外なら、顔を狙えばダメージがなくても行動を妨害できるし、動きを鈍らせることもできる。直接的なダメージソースとしてよりも、味方の攻撃が通りやすくするために、ティエラは積極的に使っていた。

「皆武器の方は大丈夫か？　もし気になるところがあったら言ってくれ」

「一応、耐久値を回復してもらっていいかな。大丈夫だとは思うけど、念のため」

「ああ、武器の仕様上、一番消耗が激しいはずだからな」

ミルトからオルドガンドを受け取ってから、シンは消耗度合いを確認する。

モンスターの武器や外殻に叩きつけるようにして戦うので、刃の部分が摩耗《まもう》したりへこんだりすることがある。素材が素材なので、現状、目に見えて変形している場所はないものの、数値で見ると耐久値は減っている。

アイテムボックスから簡易炉を取り出したシンは、素材を武器に取り込ませて耐久値を回復させた。完全回復とはいかないが、95％まで回復していれば、よほどのことがない限りは折れない。

「あとは、こいつに少しばかり手を加えて、と」

シンはアイテムボックスから薄い緑色の腕輪を取り出し、付与を行っていく。

腕輪は成形しただけではなんの付与もされていないので、装備ではなく見た目が変わるだけの装飾品として扱われる。そのため、ダンジョンのデバフで装備が破壊されても残るのだ。

付与を終えると、シンはそれをメンバー全員に配る。

付与の効果は攻撃を受けた際に自動で障壁を張ってくれるというもの。片手間で作ったものなので、障壁の強度はあまり高くないが、不意打ちを防ぐのには使える。一定回数発動すると壊れる、使い捨ての装備だ。

効果を聞いたミルトが、懸念を口にする。

「接近戦すると、すぐ発動しない？」

「飛び道具か魔術だけに反応するように設定してある。だから普通に殴られたりしても発動しないから、注意してくれ。あくまで不意打ち対策だ」

二階層でギギラティスがやってきたように、隠蔽状態からの遠距離攻撃は、戦闘中に気づくのは難しい。モンスターに囲まれた状態ならなおさらだ。

「あとはユズハ、バフを頼む」

「くぅ」

ユズハの尾が白い輝きを放つ。

ステータスの半減のデバフがかかっていても、味方からのバフは効果がある。

本来の効果より上昇値が大きく下がってしまうが、今のシンには貴重だ。

なお、このバフはシン以外にも作用するが、シュニーだけはステータスが上限に達しているので効果はない。

「じゃあ、いくぞ」

準備を整えた一行は、広間に入る。

シュニーを先頭に、ミルト、ティエラとカゲロウ、レトネーカにユズハと続く。最後に殿《しんがり》のシンが入ると、通路と広間を繋いでいた場所に壁がせり上がり、退路が完全に遮断された。

次のエリアへの階段がある通路も同じだ。

広間の出口が閉鎖されると、地面がぼこりと盛り上がる。出てきたのは、鎧を身に纏った人骨だ。

「ここの地面が通路と違うのは、そういう理由か」

石畳の通路と違い、広間の地面は土が踏み固められたもの。地面の下に何かいるのだろうとは予想していたので、さほど驚きはしない。

スケルトンの出現と同時に、広間の中央にカウントが出現した。

カウントは１００。

「敵の数かな？」

「時間の表示とは違うし、そうだろう」

会話をしながらも、シンとミルトはアイテムボックスから投擲用の岩を取り出していた。シュニーも戦闘態勢に入っているが、こちらは魔術を放つ。

スケルトンたちが完全に土から出てくる前に攻撃を仕掛けるのは、敵が持っている装備が明らかにただの剣や盾ではないのがひと目でわかったからだ。

ただのスケルトンではない。上位個体なのは間違いないものの、【分析《アナライズ》】ではスケルトンとしか出てこない。レベルも２００前後だ。

不審に思うが、ここで手を抜く理由もない。投擲体勢に入ったシンとミルトが持つ岩に、意図を察したユズハが神術のバフを掛ける。

「くらえ！」

腕を使って地面から上半身を出したスケルトンに、シンが投擲した岩が直撃する。

半身だけでは体がうまく動かないのか、盾で防御することはなかった。頭蓋骨《ずがいこつ》を粉砕されたスケルトンが崩れ落ちる。

ミルトの投げた岩も同じようにスケルトンの頭部を粉砕していた。

頭上のカウントが98へ変化する。やはり敵の数を表していたようだ。

「いきなさい」

次はシュニーが、腕の出ている場所めがけて火球を降らせる。

爆発で地面がえぐれ、骨が舞った。

カウントが95に減る。

同じように地面から腕が出てきたところに魔術を撃ち込んでいると、カウントは80まで減った。

まるでモグラ叩きだ。出てくるのは骨だが。

「これ、カウントが進むと強いのが出てくるやつじゃない？」

「そりゃそうだろ。これじゃ簡単すぎる」

ミルトとシンは、話をしていても手は止めない。

そして、カウントが70になったところで、変化があった。シンたちの足元すぐ側に、モンスターの気配が現れたのだ。

「下から来るぞ！」

地面を砕いて人骨が伸びてくる。足を掴んで動きを止めようとしたのだろう。とっさに動かなければ、絡め取られていた。

シンたちを追うように、足の下から次々と手が伸びてくる。ならば――と、シンはスキルを使用して、地面ごとスケルトンを砕こうとした。

だが、それを読んだように地面から出てきたのは、人骨の手ではなく剣の切っ先だった。

（狙いを読まれた？　いや、地面の下からでもこっちが見えるのか？）

シンがかわした剣の持ち主は、頭部がまだ地面の中だ。だというのに、突き出された剣は、正確にシンを狙って振り下ろされた。

『真月』で剣を弾き、シンはスキルを発動して刃を地面に突き刺す。

刀身から魔力による超振動が地面を伝わっていく。『真月』を中心に地面に亀裂が入り、半径10

メル以内にあった地下の反応が一斉に消えた。

――刀術土術複合スキル【地裂振《じれっしん》】。さらに同じく範囲内にいたスケルトンにも次々と亀裂が入り、粉々になっていく。

震動は打撃系の有効なモンスターにもよく効くので、出てくるのがスケルトンなら、効果は抜群だった。

シュニーは地面ごと凍らせ、ミルトは相手の剣や盾もろとも武芸スキルで粉々にしている。

「ティエラとレトネーカも、大丈夫そうだな」

ティエラはカゲロウに飛び乗り、移動しながら一体ずつ確実に頭部を破壊している。

レトネーカの方は、ユズハの補佐を受けて、ハンマーでスケルトンを砕いていた。

ここまでで残るカウントは45。半分を切ったが、モンスターに変化はない。

――40、35、30、25。

次々と倒され、減っていくスケルトン。

何か起こるとすればキリのいい数字だろうと、シンはスケルトンを倒しながらもカウントに意識を向けていた。

変化が起きたのはカウントが5になった瞬間だった。

今までにない巨大な反応が、シンの真下に現れる。

反射的に跳んだ。地面が爆発したように吹き飛び、土煙が視界を遮る。

シンが【透視】で中を見るよりも先に、土煙を蹴《け》散《ち》らして姿を見せたのは、巨大な牙。

「ここからが本番か」

シンは空中移動用のスキル【飛影】で宙を蹴るが、牙の主は重力などないかのように追いかけてくる。シンを呑み込もうと開かれた口の中には、螺旋状《らせんじょう》の牙が渦巻いている。

おそらくは、ワーム系のスケルトン。巨体と口の中の螺旋状の牙という特徴に、シンは覚えがあった。だが、知っていることと対処できることは別物だ。鉱石すらミンチにするような牙の中に飛び込みたくはない。

シンはスキルを発動しながら、再び宙を蹴る。すると、彼の姿が三つに分裂した。

ワームスケルトンを飛び越えるように上に飛ぶシンと、左右に避けるシン。突如分裂したシンに対して、ワームスケルトンは左に跳んだシンに狙いを定め、呑み込んだ。

「外れだ」

閉じられた口の下から、シンが拳を叩きつける。

拳が骨に触れた瞬間、振動が骨全体に伝播した。

——無手系武芸スキル【透波《とおなみ》】。

ワームスケルトンの頭部が跳ね上がり、顎《あご》から口、さらに頭部全体へと亀裂が広がっていく。このまま砕け散るかと思ったが、ワームスケルトンは跳ね上げられた頭部を振って、シンにぶつけてきた。

シンはとっさに宙を蹴る。頭部そのものはかわした。しかし、伸びた牙を避けきれなかった。

「ぐっ！」

腕をクロスさせて防御するシン。

その腕がみしりときしみ、牙に押し込まれて胸を打つ。

ワームスケルトンは骨であっても巨体に見合うだけの質量があった。空中に作った不安定な足場ではその場に留まれず、シンは撥《は》ね飛《と》ばされる。

「シンッ‼」

ティエラの悲鳴のような声が聞こえる。

ワームスケルトンはその一撃が限界だったようで、牙が折れると同時に頭部も砕けていった。

頭部が破壊されたことで胴体が力を失い、地面に倒れる。

土煙が舞う中、シンは地面に叩きつけられる直前に、柔らかいものに受け止められた。

「シン、大丈夫ですか？」

「ああ、助かった」

受け止めてくれたのはシュニーだ。動揺していないのは、ここでシンが倒されても死なないと、理解しているからだろう。

『こっちは大丈夫だ！　まだ敵は出てくるから、周りに気をつけろ！』

土煙の中で咳き込んでいるティエラに聞こえるように、シンは【心話】で無事を伝える。残りの

カウントは4。予想通りなら、もっと強いスケルトンが出てくるはず。

「出たか」

土煙の中に、四つの反応があった。気になるのは、反応が二つずつ重なっているところ。

土煙の中を【透視】すると、鎧を纏った馬型のスケルトンに全身鎧で武装したモンスターが騎乗していた。

それぞれ黒褐色の鎧に赤と青のオーラを纏い、左右逆の手に円盤型の盾と馬上槍を装備している。悠然《ゆうぜん》と構える姿は明らかに強者のそれだ。

「テラー・ナイトですね」

「スケルトン系で統一されているわけじゃないのか」

テラー・ナイトはスケルトンよりもデュラハンやリビングアーマーに近い。当然だが、モンスターとしての格はワームスケルトンより上だ。

「ティエラたちが狙われるとまずい。合流しよう」

シンとシュニーを狙ってくるか、ミルトたちを狙ってくるか。数の少なさならシンたちだが、接近されるとミルト一人では厳しい相手だ。ユズハとカゲロウはどちらも強力なモンスターだが、その力ゆえに味方を巻き込みやすい。

テラー・ナイトたちもそれに気づいたのか、土煙の中馬を走らせて、ミルトたちに向かって駆けていく。

ミルトやユズハはテラー・ナイトを認識していたが、ティエラとレトネーカは敵が近づいているとしかわからないようだ。

「させるか！」

テラー・ナイトに向かって、シンは光術による遠距離攻撃を放つ。

スケルトンと同じく、テラー・ナイトも光術や神術が弱点だ。直撃すれば無傷では済まない。

だが、シンの放った光線は赤のテラー・ナイトが持った盾に弾かれる。盾の表面が溶けて変形したが、本体にダメージが入った様子はない。

シュニーも走りながら水術を放つ。テラー・ナイトに向かって地面から氷柱が伸びる。青のテラー・ナイトは馬を足場に跳び上がって氷柱をかわし、空中で馬上槍を投擲した。

「この！」

ミルトは、土煙の中を高速で突き進む馬上槍にオルドガンドを叩きつけて、軌道を逸らす。その間に、氷柱の展開範囲を避けて赤のテラー・ナイトがティエラたちに迫っていた。

シュニーが魔術を放ちながら赤のテラー・ナイトに迫る。氷柱を迂回《うかい》させた分、シュニーが追いつけるだけの時間が稼げていた。

青のテラー・ナイトはミルトと戦っている。

土煙の中で、馬上槍とオルドガンドが火花を散らしていた。

投擲した馬上槍はテラー・ナイトの一部なので、手元に戻すことができる。そのため、武器を手

元から離しても、わずかな隙しか作れない。

「重いッ」

互いに重量級の武器。打ち合いは互角に見えたが、だんだんとミルトの傷が増えていく。デバフによるＤＥＸ半減が、ここにきて足を引っ張る。操る武器の動きが、精彩《せいさい》を欠いていた。

そこへ、シンが斬り掛かった。

背後からの攻撃にもかかわらず、青のテラー・ナイトはそれを盾で受ける。

『真月』の刃は円盾の半ばまでを切り裂くが、完全には断ち切れずに止まる。

一瞬の硬直。その状態で青のテラー・ナイトは腕を振り、反動で『真月』がシンの手から離れた。

青のテラー・ナイトは、武器を失ったシンに馬上槍を繰り出そうとする。しかし、ミルトがオルドガンドを打ち込んで、その動きを止める。

視界から消える『真月』には目もくれず、シンは青のテラー・ナイトの腕に飛びつく。盾ごと振ったせいで伸び切っている腕の付け根に向かって、予備の武器として用意していた短刀を突き刺した。

「吹っ飛べ！」

短刀が光を放ち、青のテラー・ナイトの内側から同色の光が漏れる。

――刀術神術複合スキル【清浄《せいじょう》ノ一刀《いっとう》】。

弱点である神術を直接体内に打ち込まれ、青のテラー・ナイトがガクガクと身を震わせる。

馬上槍が地に落ち、動きが鈍った隙を、ミルトは見逃さなかった。大きく振りかぶったオルドガンドを、青のテラー・ナイトの頭部に叩きつける。

——斧術系武芸スキル【巌砕《いわおくだき》】。

青いエフェクトを残して、オルドガンドがテラー・ナイトの体を両断した。ひび割れた鎧が砕け、HPがゼロになる。

シュニーの方へ目をやれば、半分になった盾と先端が砕けた馬上槍で、どうにか攻撃を防いでいる赤のテラー・ナイトの姿があった。乗っていた馬は、すでに首を断たれて倒れている。

シンは魔術スキルで赤のテラー・ナイトの足元を凍らせる。バランスを崩した瞬間、シュニーの『蒼月』が、赤のテラー・ナイトの首を飛ばした。

そしてついに、頭上に表示されていたカウントが0になる。

青のテラー・ナイトが乗っていた馬は倒していないが、騎手を倒すと撃破したものとしてカウントされるようだ。

通路と広間を遮断していた壁が下がり、次のエリアへ下りる階段が見えた。

「いやー、きつかったー」

細かい傷が目立つミルトが、手で顔を扇《あお》ぎながら歩いてくる。

「DEXって大事だね。思うように武器が動かせないんだもん」

「俺なんて、全部半減しているんだが？　いつもなら切れるはずの相手が切れないのはきついぜ。

さっきだって、テラー・ナイトを内側から吹き飛ばすつもりが、トドメまでいかなかった」

いつものステータスならば、青のテラー・ナイトの盾の腕ごと切り飛ばせた。

上手くいかない可能性を考えていたので動揺することはなかったが、やはり普段の動きができないというのはやりにくかった。

「それを言ったら、私何もできなかったんだけど」

少し落ち込んだ様子のティエラに、シンがアドバイスする。

「ティエラは視界に作用するスキルを取った方がいいな。今回みたいな土煙もそうだけど、霧とか煙幕とか使ってくる敵もいるし」

「簡単に言うけど、スキルは貴重なものなのよ？　おいそれと身につくものじゃないんだけど」

そこまで言って、「でもシンだからなぁ」と、ティエラは眉根《まゆね》を寄せていた。

「とりあえず、回復と装備の確認だな。さすがにこのまま次のエリアに行くのは無茶だ」

「さんせーい！」

ボスを倒した広間はセーフティエリアだ。迷宮を歩き回って、精神的にも疲れている。シンたちは、今日はここで休むことにした。


食事を終えてから、シンはメンバー全員の装備の点検作業を行う。

見学を希望したレトネーカに、チェックするポイントを教えていく。逆にシンも、黒の派閥でど

うやっているのかをレトネーカに聞いた。

どうやら、メンテナンスの仕方に大きな差はないようだ。

装備のメンテナンスが終わると、ここからが本番だ。シンは、せっかくなので貴重な金属を使って物作りをしてみないかと、レトネーカに提案する。無理ならそれはそれで構わないとも伝えた。

鎚を持つのが怖いと言っていたのが、簡単に克服できるとは思っていない。

「どうする?」

「……やって、みたいです」

レトネーカの表情は硬い。それでも、やりたいという意欲は本当だと思えた。

シンは用意していた鎚をレトネーカに差し出す。

彼女小さく深呼吸して、鎚を手に取った。

「やれそうか?」

「はい。大丈夫です。シンさんと皆さんの姿を見て、鍛冶師の役目が、少しだけわかった気がするんです」

手が震える様子はない。

レトネーカを台の上に座らせ、シンはオリハルコンのインゴットを取り出す。

「オリハルコンは、魔力を含んだ炎でないと加工が難しい。理想を言えば、今使っているくらいの魔力炉がほしいな」

「難しいということは、魔力を含んでいない炎でも加工はできるんですか？」

「できるにはできる。長時間かけて熱し続けることで、少しずつな。だけど、時間がかかりすぎるのと、反応が一定にならないから、加工が恐ろしく難しいんだ。正直に言って、とても勧められない。鍛冶のスキルを最大まで上げて、それ以外の鍛冶と関係しているスキル類も上げ切って、ようやくまともに打てるようになるくらいだ」

「そ、それは……」

ゲーム時代ならいざ知らず、今の世界ではまず不可能な内容を聞いて、レトネーカは言葉を失っていた。それほどまでに、オリハルコンは扱いが難しいのだ。

ただし、魔力炉を使えば話は別である。

「まともに動く魔力炉を使えれば、難易度はかなり下がる。それでも難しいことに変わりはないけど、加工可能な状態に持っていければ、あとは作り手の腕次第でどうにかできる」

「腕次第で」

鎚を握る手に力がこもっている。シンはレトネーカの様子に注意しながら、加工時の注意点を教えていった。

「加熱したインゴットに鎚を打つ時は、魔力を込めて打つ。これは魔力操作の練習をすれば、できるようになる。鎚に魔力を溜めて、それをインゴットに流すイメージだ」

技術自体は、黒の派閥にもある。あとはどれだけスムーズに、無駄なく魔力を込められるかだ。

こればかりは、練習するしかない。

「じゃあ、俺が打つから、相槌《あいづち》を頼む。練習だから、打ち込むのはレトネーカのタイミングでいい。俺の魔力の流れを見ながら、やってみてくれ」

「わかりました」

熱したインゴットを金床《かなどこ》の上に置き、まずはシンが鎚を打つ。

食い入るように見つめていたレトネーカは、小さく息を吐いてから鎚に魔力を込めた。シンからすれば拙《つたな》いと言える状態。それでも、この世界ではこれができるだけでもすごいことだ。

振り上げた鎚がインゴットの上に落ちる。シンの時とはまるで違う音が響いた。

シンがキーンという澄んだ音なら、レトネーカのそれはガギンというような耳障《みみざわ》りな音だ。

「魔力の込め方、伝わり方。それらが違うだけで、こんなにも音が変わる。どうする？　まだやるか？」

一度打ち付けただけで、レトネーカの手は震えていた。それでも、彼女はやめるとは言わない。

首肯《しゅこう》するレトネーカに、シンも黙ってうなずき返し、作業を再開する。

しばらくの間、鍛冶場からは澄んだ音と鈍い音が交互に響いていた。

†

一夜明け、シンたちは次のエリアへ向かう階段を下りた。

スロットを回し、先へと進む。不運は前日に使い切ったのか、出てきたデバフは戦闘に支障のないものばかり。幸先《さいさき》は良さそうだ。

階段を下りきると、金色の兎が描かれた扉が姿を見せた。最終エリアの扉だ。

「最終エリア、何が出ると思う？」

シンはミルトに予想を問う。

「結構レベルの高いボスばかりだったし、やっぱりあれじゃない？」

「だよな。でも本人は、残りは運だって言ってたし」

最終エリアのボスは、これまたランダムだ。各階層が高レベルだったからと言って、最終エリアも高レベルとは限らない。最後がとんでもない雑魚《ざこ》だった、というパターンも報告されていた。

しかし、ここに来てそれはないだろうと、二人は考えていた。

「予想がつくのですか？」

レトネーカの質問に、シンが答える。

「フルベガスが出てくるパターンもあるんだよ。レアボスってやつだ」

倒すと獲得報酬《かくとくほうしゅう》が二倍になる特典がある。

そうでなくとも、わざわざダンジョンに呼び寄せるような真似をしているのだ。最後は自身で締めても不思議ではない。

「考えても仕方ないか。行こう」

エリアに入ればわかること。議論していても意味はないと、シンは最終エリアへの扉を開いた。

すぐに目に入ったのは、金色に輝く台座。その上に座るのは……予想通りフルベガスだ。

「よく来たわね。嬉しいわ。そして、ここで私を引き当てるなんて、運が良いのか、悪いのか」

「手を加えたわけじゃないのか？」

「そんな野暮《やぼ》な真似はしないわよ。私が手を出したのは一度だけ。ここに私がいるのは、あなたたちが私を引き寄せたからよ」

台座から立ち上がり、フルベガスは歩を進めた。次第にその姿が霞み、靄が立ち上る。

そして、靄の中から巨大な毛玉が現れた。それも、５メルサイズの見上げるような毛玉だ。

シンとミルトが、ともに困惑の声を漏らす。

「いや待て、俺の知っている大きさじゃないぞ」

「もしかして、噂で聞いた本気モードってやつかな」

毛玉がもぞりと動く。小さな――毛玉と比べればだが――尻尾がぽんと生え、大きな耳が天に向かってそそり立つ。

振り向き、見下ろしてくるのは愛らしい顔と、つぶらな瞳。

そのあまりにも大きな体躯にさえ目を瞑れば、可愛いと呼べる姿だ。

「私を引き当てた上に、さらに〝こっち〟が当たるなんて、ずいぶん運が悪いのね。それとも、報

酬が欲しくないのかしら」

ふわふわの毛を揺らしながら、フルベガスがシンたちに目を向ける。

（ユズハを見ている？）

上からの視線が、自分に向けられていないことに、シンは気づいた。

〝報酬〟のセリフと合わせて考えれば、誰を見ているのかは想像がつく。

もしかすると、ユズハはフルベガスの持っている情報を、知っているのかもしれない。それを口にしないのも、理由があるのかもしれない。

しかし、それでもシンははっきりと言う。

「いるに決まってるだろ」

ダンジョンに来てからユズハが妙に口数の少ないことも、戦闘で動きが鈍いことも気づいていた。ユズハだって、シンが自分の様子に気づいていると、察していたはずだ。それでも、何も言わなかった。

ユズハ本人に問いただしても、おそらく何も言わないだろう。今までの付き合いで、シンにもそのくらいはわかる。

だが、フルベガスが意味のない情報をわざわざ伝えようとするとも思えなかった。

理由はないが、ユズハは一人でリスクを背負おうとしている。そんな予感がした。

「なら、やることは一つね。私を倒してご覧なさい」

次の瞬間、空間が割れた。

そう錯覚するほどの、威圧感。

目の前にいるのは神獣であると、そう知らしめる意図を感じた。

全員が武器を構える。フルベガスに向かって駆け出そうとしたその時――

「ごめんなさいね」

金色の閃光が空を裂いた。

狙われたのは自分ではない――そう気づいたシンが仲間に目を向けると、レトネーカとティエラが消えていくのが見えた。

「レトネーカちゃんは足手纏い。ティエラちゃんはまだこのステージは早いわ」

聞こえるのは、戦闘前と変わらぬ明るい声音。しかし今は、それが恐ろしい。

背中のティエラがいないことに、カゲロウが動揺している。仮にも同じ神獣だというのに、フルベガスはカゲロウに反応させることなく、背中のティエラをその爪で切り捨てた。

これが、自分の領域で本気を見せた神獣の力。

――『フルベガス　レベル1000』。

【分析《アナライズ》】が、フルベガスのレベルを教えてくれる。

「あえて見せてくれたのか？」

今のシンのステータスで、フルベガスのレベルが見えるはずがない。これが本気だと、公開して

くれたとしか思えなかった。

「GGGAAAAAAAAAAッ‼」

カゲロウが本来の姿に戻る。全身から雷を放ち、フルベガスに襲いかかった。

『仕掛けるぞ！』

シンはシュニーとミルトに【心話】で叫び、【隠蔽《ハイディング》】をかけて接近する。今の彼では、正面からぶつかるのは自殺行為だ。

巨大化したカゲロウが、フルベガスに飛びかかり、喉元に噛みつこうと牙を剥く。

しかし、フルベガスはそれを避けなかった。

巨体同士がぶつかり合い、地面が揺れる。

カゲロウはフルベガスの胴体に爪を突き立て、首元に噛みついた。

一気に噛み千切る――そう考えているのがわかるほど、カゲロウは怒りに燃えていた。

だが――

「幼い」

ドンッと、空気が震えた。

鈍く重い音がカゲロウの腹あたりから聞こえたと思った時には、見上げるほどの巨体が宙を舞っていた。

「坊やには、もう少し経験が必要ね」

三条の閃光が二度。クロスするように宙に描かれた。

地面を転がるカゲロウの右前足が切り飛ばされ、顔と胴体が半ばまで分かたれる。少しの間を開けて、カゲロウの姿が消えた。

（……圧倒的すぎる）

シンの知るフルベガスの強さとは、次元が違う。

初めて完全体のエレメントテイルを相手にした時と同じ感覚が、全身を駆け巡っていた。

勝てない。

剣を交える前にわかる。あまりにも圧倒的な、力の差。

「だとしても！」

シンはフルベガスに向かって、駆ける。

デバフを受けていようが、諦める気はない。

「僕だって！」

ミルトもオルドガンドを振りかぶって走る。

そんなシンたちを、フルベガスは無言で待った。

先にフルベガスに仕掛けたのはミルト。青いエフェクトを残して、オルドガンドがひときわ強く輝いていた。

「足手纏いには、なりたくないんだ！」

流星の如き輝きを纏ったオルドガンドが、フルベガスの胴体に叩きつけられる。

ミルトが放つは自身の最高峰。

――斧術系武芸スキル【至伝・星砕《ほしくだき》】。

フルベガスに対して特殊な効果はない。ただただ、己の最高の一撃だった。

「いくぞ！」

わずかに遅れて、シンが仕掛ける。

地面を蹴って飛び上がる。

身体強化、斬撃強化、かけられるだけのバフを自身にかけた。

放つは至伝。武芸の極地。

――刀術系武芸スキル【至伝・神狩《かむがり》】。

神獣、または神に属するモンスターに対して威力が上昇する効果がある。

『真月』の刀身が黒く染まる。

闇色の刃が巨大化し、それを紫色のオーラが覆った。

フルベガスは振り下ろされる刃をじっと見ている。

【星砕】を受けてわずかに身を後退させながら、右腕を自身と刃の間にかざした。

「無謀、か」

シンのつぶやきに、フルベガスが短く応える。

「そうでもないわ」

スキルの効果時間が終わり、オルドガンドの輝きが消え、闇色の刃が砕け散る。

攻撃を受けたフルベガスの胴体は毛がバッサリと切れ、かざした右腕には、一筋《ひとすじ》の傷ができていた。

「次は本気でやりましょう」

フルベガスの爪が金色の光を放つ。再び振るわれる二度の斬撃。

宙に残った光の軌跡が消えた時、シンとミルトの姿はどこにもなかった。

「それで、あなたは戦わないのかしら？」

残ったシュニーに、フルベガスが尋ねた。

「いえ、ですがその前に、聞いておきたいことがあります。ここでならば、邪魔は入らないでしょうから」

『蒼月』の刃が光を反射して輝く。

シュニーの視線は、戦いの中で動くことのなかったユズハに向けられていた。

「少々、時間をもらっても？」

「ええ、構わないわ」

シュニーは一瞬だけフルベガスに視線を向ける。顔はユズハに向いたままだったが、フルベガスは気にした様子はなく頷いて返す。もとよりユズハの情報は伝えたいと言っていたのだ。断る理由

はないのだろう。

「ユズハ、何を隠しているのですか」

「く、くぅ……」

「子狐のふりをしても意味はありませんよ」

視線を逸らして誤魔化《ごまか》そうとするユズハに、シュニーは呆れつつも指摘する。悪足掻きだということくらい、ユズハもわかっているはずだった。

「言いたくない」

「そんなに、シンに迷惑がかかることなのですか？」

「……っ」

シュニーの言葉に、ユズハの耳がピンと立つ。図星だと言っているようなものだった。

「はぁ、シンのことになると隠し事はできないわね。相変わらず、そっちは妙に勘がいいんだから」

狐の姿から人の姿に変化して、ユズハは言う。

男女を問わず惑わせるだろう美貌と、腰まである銀髪。シュニー以上のメリハリのきいた体を包む巫女服は、シンから与えられたものにユズハ自身の力が混ざり合い、仄かな光沢を帯びていた。

腰から出ている尻尾は一本だが、こちらはあえて隠しているのだろう。変化した瞬間にわずかに漏れた力の波動が、これまでに得た力の最適化は終わっていると告げている。

「もうすっかり力を取り戻したようですね」

「おかげさまで、ね。まだ完全じゃないけど、当時のこと、自分のこと、色々と思い出したわ。そして、だからこそ隠さなきゃいけないことができた」

「それが、彼女の言っていた報酬というわけですか」

シュニーはフルベガスに顔を向ける。正解だと、フルベガスが頷いた。

「それで、隠さなければいけないことというのはなんなのですか？　先に言っておきますが、この状況で、話すのは嫌だなどとは言わせませんよ。私は、シンほど優しくはありません」

「わかってる。あなたと争う気はないわ。シンだって私が隠し事をしていることくらい気付いているでしょうしね」

シュニーの持つ『蒼月』に目を向けながら、ユズハは微笑を浮かべる。シンに害を与えるならば、シュニーがどういう行動に出るか、ユズハは理解していた。

ここならば、もしもの時の練習にもなる。

シュニーとユズハ、二人の間の空気がビリビリと震えた。

フルベガスはその様子を見守っている。ボスとして出現していても、戦うかどうかは彼女自身が決められるのだ。

「まず初めに言っておくわ。私の隠していることは、シンに害があるものじゃない。今のところは、だけれど」

ユズハの言葉を聞いて、シュニーの目つきが鋭くなる。

「思わせぶりなセリフですね。今はということは、いずれ害があるということでは？」

「私の話を聞いて、シュニーが何もしなければ、害のないまま終わるわ。できるなら、そのままがよかったのだけれど、そこの兎が余計なことをしてくれちゃって、まあ」

今度はユズハの目つきが鋭くなった。睨《にら》まれているフルベガスは、そんな視線もどこ吹く風だ。

「それはフェアじゃないでしょう？　観察してた時間は短いけど、このまま何も知らなかったら悔やむタイプよ、あの子」

肝心なことを話さないユズハと、話せないフルベガスにシュニーが威圧感のある声で問う。

「それで、理由はなんなのですか」

ユズハは仕方ないと小さく息を吐いてから、口を開いた。

「簡単にまとめると、シンが向こうに帰る時に、半々くらいの確率で私が消えるってことよ」

ユズハの言葉がすぐには理解できず、シュニーの纏っていた威圧感が霧散《むさん》した。眉根を寄せ、思案する。

「……どういうことですか？　ユズハはシンと契約をしています。向こうへ戻るのも、それによってなされるのでは？」

「それが確実だと、誰が証明できるの？」

ユズハにそう返されると、シュニーは言葉に詰まる。かつて、シュニーがシンとの繋がりの薄さ

を感じていた頃は、明確な繋がりを持つユズハが羨ましく思うこともあったのだ。

「契約は確かに向こうに行く時に効果がある。でも、世界を渡るという偉業の前では、細いロープくらいの効果しかない。どこで切れるかもわからない、不確実な命綱なのよ」

この世界では強い繋がりでも、こと世界の枠を越えるとなるとあまりにも脆い。しかし、それがシンの害になるのだろうかと、シュニーは思った。

「シンとユズハの繋がりについては理解しました。それが、シンにとって害になるかもしれない要因なのですか？」

「契約は害になるわけではないわ。世界を渡る途中で繋がりが切れても、私が向こう側にたどり着けずに消えるだけ。問題なのは、それをシンが知ってどうにかしようとすることよ」

「動くのは間違いないでしょうが、どこが問題なのですか」

「私が確実に向こうに行くためには、シンとの繋がりをより強く、深くする必要がある。でも、それがシンの体にどんな影響を与えるかわからないの」

普通の契約なら、そんなことはない。互いに力を高め合う、一般的な召喚士と契約者の関係で落ち着く。しかし実のところ、シンとユズハの契約は正規のものではない。

ゲーム時代はできなかった、テイム不可モンスターとの契約。それも、相手が最強格の神獣エレメントテイルとくれば、異常も異常だ。シンの能力と、吸収していたオリジンの力、さらにはユズハの力が弱っていたこともあり、普通の契約のように繋がってしまった。否、繋がれてしまったと

言うべきか。

　本来ならば、契約は失敗していたはずなのだとユズハは語る。

「繋がりが強くなれば、召喚士と従魔の間で循環し合っている力も強くなる。でも、私の力は普通のモンスターとは違う。力の循環が大きくなれば、シンの体にどんな影響を与えるかわからない。『栄華の落日』前に契約ができなかったのは、システムでそう定められていたからでもあるけれど、向こうの人間に契約が危険なことだと無意識のうちに伝わっていたからでもあるわ。もちろん、こちらの世界だけのことなら、私も隠しはしなかった。でも、ね」

　シンの精神にはこちらの世界の力が強く根付いている。これ以上別のものが混ざれば、今は何事もなくとも、向こうの世界に戻った後で異常をきたす可能性があった。

　向こう側のシンの体は、超常的な力とは無縁なのだ。片手で大岩を砕くような怪力も、ドラゴンに殴られても耐えられる頑強さも、魔術やスキルもない。

「今はまだいい。でも、このまま繋がりを強くしてしまうと、向こうに戻った時にシンが人ではない何かになってしまうかもしれない。それが、私の言う『害』よ」

　自分を生かそうとした結果、大切な相手を苦しめてしまうかもしれない――その思いが、ユズハに真実を告げるのをためらわせていた。

「そういうことでしたか。いろいろと言いたいことはありますが、ひとまず納得しました」

　ユズハが口をつぐんでいた理由を聞いて、シュニーも自分が同じ立場なら同じ行動をしていたか

もしれないと思った。だが、だからといって、ともにいるのを諦められるかと言われれば、答えは否だ。

「ユズハ、二つ答えてください。まず、その情報は確実なものなのですか？　先程あなたが言ったように、間違いないと保証があると？」

　本来できないはずの契約が原因ならば、その悪影響も確実なものとは言えないのではないかと、シュニーは思う。

「間違いないわ。これはもともと本来の私が持っていた知識と、シンと契約したことで私の中に流れてきたオリジンの知識が元になっているの。オリジンは世界を越えて向こう側に干渉した。その時の知識が、こうなると教えてくれるのよ」

「オリジンの知識……そんなものが」

「私はモンスターで、大元はオリジンと同じようなもの。だから知識まで流れてきたのでしょうね。あなたもオリジンの力を身に宿しているけれど、生物としての規格が違うから、あくまでステータスの上昇などにとどまっている。といっても、この知識を認識できたのは、あなたとシンが一夜を共にしている時なのだけれどね。あ、一応言っておくけれど、覗いてはいないわよ？」

「っ！」

　突然シンとの一夜が会話に出てきてシュニーは、顔が火照《ほて》るのを自覚した。しかし、今はそれどころではないと、意識を切り替える。

「こほん、情報についてはわかりました。では、もう一つの方です。あなたは、諦められるんですか？」

真剣な声と表情で、シュニーは問う。

なんだかんだと理屈をこねているが、結局のところ、重要なのはそこだ。相手を傷つけないために、身を引く。それができるなら、そもそも何も告げずに姿を消せばいい。

「それ、は――」

覚悟が決まっていたのなら、即答しただろう。しかし、ユズハは視線を逸らすだけで何も言わない。

「あなたはシンとの繋がりをとても大切にしていました。そんなあなたが、シンとともにあることを諦められるとは思えません」

「そうなのよ。この子ったら、肝心なところで踏ん切りがつかないのよね」

シュニーの発言に、今まで静観していたフルベガスが追従した。

ゲーム時代のデータの共有という名の情報交換を、オリジンによって自意識を強く持てるようになってからは頻繁に行っていたという。シュニーのようなサポートキャラクターと違い、モンスターとして自立していたので見えないところでコンタクトを取っていたとフルベガスは言う。

ゲーム時代はＮＰＣとして意識を表に出すことはほぼできなかったが、コンタクトを取っていたことで、お互いがどんな性格なのかはよく知っているらしい。

「自分の都合で彼に重荷を背負わせてしまうかもしれないのよ。より強い契約を求めるなど、簡単には決められないわ。それに、確実に消えるわけでもないのだから」

「その〝もしも〟が起こってからでは遅いんです。シンがこっちに来てから、一番付き合いが長いのはあなたでしょう。なら、もしユズハが消えたなんてことになったら。そして、それを回避できたかもしれないと知ったら。シンがどれほど傷つくかわからないわけではないでしょうに」

シンが、ユズハが消える可能性と自分が変化する可能性を天秤《てんびん》にかけた時、自分を選ぶような人間ではないことくらいわかっているだろうと、少しだけ怒りも込めて、シュニーは言った。

「怖いのよ！　私のせいで、シンが化け物になってしまうかもしれない。本当に、何が起こるかわからないの。何かあった時のことを考えると、怖いのよ……」

シュニーの感情の高ぶりに感化されたのか、ユズハも声を荒らげて応えた。

いきなりモンスターになってしまう、なんてことはないだろう。オリジンの知識もそう告げている。しかし、人の形のまま、人ではなくなる可能性は十分ある。

自分のために、シンが本来歩むはずだった人として生きる道を踏み外すかもしれない。それが怖いと、ユズハは言った。

「たとえそうなったとしても、シンは後悔しませんよ。疑うのなら、本人に直接聞けばいいのです」

「そ、それは……」

迷いを見せるユズハに、シュニーは追い打ちをかける。

「ユズハが聞かないなら、私が言います。隠していたことはすでにばれているのですから、口をつぐんだところで無意味ですよ」

「うう……わ、わかったわよ」

もはや隠しても無駄。観念したユズハは、戻ったら話すと約束した。耳を伏せ、しょんぼりとした様子は、大人びた見た目とは裏腹に、親に叱《しか》られた子どものようだ。

「容赦《ようしゃ》ないわね。あなた」

「ユズハが臆病《おくびょう》なのもそうですが、少々シンのことを侮《あなど》っているように感じましたので、このくらいは」

笑いながら話しかけてきたフルベガスに、シュニーはツンとした表情で応えた。

「あの青年のこと、信頼してるのね」

「当然です。私の愛した人ですよ」

今度は表情が一変し、自信満々でシュニーは言う。

その変わりように、さしものフルベガスも、やれやれと呆れるしかないのだった。

Status | ステータス紹介

THE NEW GATE

名前：ドルク・ユルク

性別：男

種族：ハイドワーフ

メインジョブ　：鍛冶師

サブジョブ　：鎚術士

所属組織　：黒の派閥

●ステータス

LV：	255
HP：	6556
MP：	3726
STR：	412
VIT：	352
DEX：	547
AGI：	238
INT：	309
LUC：	59

●戦闘用装備

頭　：黒魔鋼の兜
（VITボーナス[中]）

胴　：黒魔鋼の重鎧
（VITボーナス[弱]、DEXボーナス[中]）

腕　：魔鋼合金ガントレット（試作）
（STRボーナス[強]）

足　：黒魔鋼のグリーブ
（AGIボーナス[中]）

アクセサリ　：障壁の腕輪（試作）
（障壁展開）

武器　：魔鋼合金のバトルハンマー
（打撃強化[中]、耐久値上昇、ノックバック強化[中]）

●称号

- 鍛冶術師範
- 彫金師範代
- 先導者
- 指導者

●スキル

- 鍛冶
- 分析
- 武具強化
- フルクラッシュ
- パワーインパクト

etc

その他

- 黒の派閥構成員
- 黒の派閥鍛冶部門長

名前：レトネーカ

性別：女

種族：ドラグニル

メインジョブ　：鍛冶師
サブジョブ　：付与術士
所属組織　：黒の派閥

●ステータス

LV：	188
HP：	5216
MP：	5829
STR：	477
VIT：	342
DEX：	678
AGI：	337
INT：	458
LUC：	68

●戦闘用装備

頭　：魔鉄合金の額当て
（VITボーナス[弱]）

胴　：竜鉄の革鎧
（VITボーナス[中]、DEXボーナス[中]）

腕　：魔鉄合金のガントレット（試作）
（STRボーナス[弱]、DEXボーナス[中]）

足　：魔鉄合金のグリーブ
（AGIボーナス[弱]、INTボーナス[中]）

アクセサリ　：障壁の腕輪（試作）
（障壁展開）

武器　：ドラゴンキラー（試作）
（対竜特攻[弱]、斬撃強化[強]、耐久値上昇）

●称号

- 鍛冶術師範
- 付与術師範代
- 獣殺し

●スキル

- 鍛冶
- 術式付与・斬撃強化
- 術式付与・打撃強化
- 術式付与・単一強化
- 術式付与・二重強化

etc

その他

- 黒の派閥構成員

名前：フルベガス

種族：ラック・ラビット

等級：なし

●ステータス

LV：	1000
HP：	?????
MP：	?????
STR：	1243
VIT：	1039
DEX：	1377
AGI：	918
INT：	999
LUC：	99

●戦闘用装備

なし

●称号

- 天運の導き手
- 流離うもの
- 世界の観察者
- 領域の支配者
- 巨獣

etc

●スキル

- 白キ界刃《しろきかいじん》
- 境界割《きょうかいわり》
- 金剛毛具《こんごうもうぐ》
- 神速
- 超直感

etc

その他

- 神獣
- ランダムエンカウントモンスター

名前：バージスパイダー

種族：ビッグ・スパイダー

等級：なし

●ステータス

LV：	783
HP：	8322
MP：	3850
STR：	810
VIT：	841
DEX：	765
AGI：	418
INT：	309
LUC：	37

●戦闘用装備

なし

●称号

- 密林の狩人
- 罠師
- 捕食者

●スキル

- 粘着増加
- 強化毒
- 身体強化
- 外殻強化
- 糸潜り

その他

- エリアボス

名前：テラー・ナイト

種族：リビング・アーマー

等級：なし（武具等級・神話級《ミソロジー》相当）

●ステータス

LV：	900
HP：	9589
MP：	5774
STR：	915
VIT：	722
DEX：	878
AGI：	556
INT：	382
LUC：	0

●戦闘用装備

なし

●称号

- 冥界騎士
- 人馬一体
- 槍術師範

●スキル

- カオス・オーラ
- 流星突き
- 鋼弾き
- 直感
- 骨兵士召喚

etc

その他

高位アンデッド

Re:Monster
リ・モンスター
1〜9・外伝
8.5
暗黒大陸編1〜4
金斬児狐
Kanekiru Kogitsune
シリーズ累計
170万部
(電子含む)
突破!
2024年4月4日〜
TVアニメ
放送開始!!
(TOKYO MX、
BS11ほか)
ネットで話題沸騰!
怪物転生
ファンタジー
最弱ゴブリンの下克上物語 大好評発売中!
Re:Monster
リ・モンスター
金斬児狐
転生したのはまさかの
最弱ゴブリン!?
ネットで超人気!
怪物転生
ファンタジー
開幕!
【小説】
1〜9巻/外伝/8・5巻
新章
Re:Monster
暗黒大陸編
リ・モンスター
1
最弱ゴブリンから最強黒鬼
そして新世界の伝説へ!
新たな旅が今始まる!
累計
65万部!
新シリーズ!
【小説】
1〜4巻(以下続刊)
◉各定価:1320円(10%税込)
◉illustration:ヤマーダ
◉各定価:1320円(10%税込)
◉illustration:NAJI柳田
コミカライズも大好評!
Re:Monster
リ・モンスター
1
ゴブリン!?
下克上
ファンタジー
カライズ!!
累計
23万部
突破!!
【漫画】
1〜11巻(以下続刊)
748円(10%税込)
小早川ハルヨシ

サービス残業から始まる現代ダンジョン英雄譚！

サービス残業続きの青年、渡陽向。「体を動かせば良い企画が思いつくはずだ」という考えから、彼は帰宅途中で目にしたダンジョンに足を踏み入れた。ついでにストレスを解消するため、モンスターをサンドバッグにしながらダンジョンを探索！　そんな陽向の前に、強大なモンスターと襲われている美少女が現れた!?　目立ちたくない彼はサクッと敵を倒して帰宅したのだが、少女が撮影した動画が拡散され、世界中でバズってしまう。ダンジョンでサービス残業をしていただけなのに……青年の冴えない人生は一変する!!

◉定価：1430円(10%税込)　◉ISBN 978-4-434-34064-2　◉illustration：riritto

浪費家の両親によって、行商人へと売られた少年・レオ。彼は輸送される途中、盗賊団に襲撃されてしまう。だがその時、レオの中に眠っていた魔法の才が開花!　そして彼は、その力で盗賊たちの撃退に成功する。そこに騒ぎを聞きつけた守備隊が現れると、レオは保護されるのだった。その後、彼は街で隊員たちと一緒の生活を始めることに。回復魔法を使って人の役に立ち、人気者になっていく彼だったが、それまで街の治癒を牛耳っていた悪徳司祭に目をつけられ——

●定価：1430円（10%税込）　●ISBN：978-4-434-34068-0　●Illustration：駒木日々

この作品に対する皆様のご意見・ご感想をお待ちしております。
おハガキ・お手紙は以下の宛先にお送りください。

【宛先】
〒150-6019東京都渋谷区恵比寿4-20-3恵比寿ガーデンプレイスタワー19F
（株）アルファポリス　書籍感想係

メールフォームでのご意見・ご感想は右のＱＲコードから、
あるいは以下のワードで検索をかけてください。

アルファポリス　書籍の感想　検索

ご感想はこちらから

本書はWebサイト「アルファポリス」（https://www.alphapolis.co.jp/）に投稿されたものを、改稿、加筆のうえ書籍化したものです。

THE《ザ》 NEW《ニュー》 GATE《ゲート》　23. 黄金《おうごん》の博兎《ばくと》

風波《かざなみ》しのぎ　著

2024年 6月30日初版発行

編集－仙波邦彦・宮坂剛
編集長－太田鉄平
発行者－梶本雄介
発行所－株式会社アルファポリス
〒150-6019東京都渋谷区恵比寿4-20-3恵比寿ガーデンプレイスタワー19F
TEL 03-6277-1601（営業）03-6277-1602（編集）
URL https://www.alphapolis.co.jp/
発売元－株式会社星雲社（共同出版社・流通責任出版社）
〒112-0005東京都文京区水道1-3-30
TEL 03-3868-3275
イラスト－晩杯あきら
URL https://www.pixiv.net/member.php?id=27452
地図イラスト－サワダサワコ
デザイン－ansyyqdesign
印刷－中央精版印刷株式会社

価格はカバーに表示されてあります。
落丁乱丁の場合はアルファポリスまでご連絡ください。
送料は小社負担でお取り替えします。

ISBN978-4-434-34063-5 C0093